A la meva estimada família, David, Mary, Albert i Sandra, que amb el seu amor m'esperonen a seguir escrivint, malgrat les vicissituds dels anys que no perdonen.

Aquesta és una novel·la de ficció. Qualsevol similitud amb la realitat és pura coincidència. No obstant, en la plenitud del relat per a donar-li més veracitat a la narració, se'n fa menció de llocs reals que existeixen i que l'autora s'hi atorgà la llicència de fer-ne ús, per a donar-li més veracitat a la història imaginària dels personatges que la comporten.

-Oferir amistat al que implora amor, és com donar-li pa al mort de set.

Ovidi

-Amar o estimar no és mirar-se l'un a l'altre; és mirar plegats en una mateixa direcció.

Antoine de Saint-Exupéry

Neus Falcó

AMORS FRUSTRATS

CATERINA

1

La tarda era plàcida, una tarda del mes de setembre, melangiosa i tranquil·la. La Caterina, asseguda en un banc del passeig prop del far, dins la seva solitud, pensava, admirant aquell far erigit a l'escull a flor d'aigua, que il·luminava la mar blava i salobrosa perquè a qui l'albirés des de la mar estant, li servís de guia.

Cada tarda dels dimecres, es trobaven amb l'Ernest per a xerrar una estona de les coses de la vida, i dels llocs sorprenents que ell havia visitat, sense importar el que fos, transcendent o intranscendent, no obstant però, de tant en tant sorgia algun comentari que encoratjava aquells dos cors solitaris, sense saber-ho.

Es van conèixer una tarda nuvolosa del mes de juny, també de dimecres, mirant ambdós el meravellós far de sant Sebastià a Llafranc, que, més tard, com una llanterna il·luminaria la lleugera foscor del capvespre. De sobte, començà a caure gotes, unes gotes premonitòries de la tempesta que tot seguit esclatar amb llamps i trons i que els va fer córrer amb riallades, a aixoplugar-se sota el tendal de la porta del bar prop del far. Xops, amb els vestits amarats i els cabells molls, se'n reien d'ells mateixos i, al cap d'uns segons, decidiren entrar a l'interior del bar, a prendre's un cafè amb llet ben calent. L'escalfor de la beguda espargir sense adonar-se'n un caliu entre els dos éssers, fent-los contents i sense pensar-hi, feliços.

Així va néixer aquella amistat entre la Caterina i l'Ernest. Neta i pura com una patena, i que s'havia prolongat durant tot aquell estiu amb trobades dels dimecres a la tarda, cercant la remor de la mar i la frescor de la brisa que els hi acaronava les galtes, fent també, passejades curtes o llargues pel Camí de Ronda, tot depenent sempre, del temps que la Caterina disposava.

La Caterina lliurava la tarda dels dimecres de les tasques d'assistenta d'una casa benestant, la família Riverola, que li donava sostre i aliments, i una quantitat de diners mensuals, que ella preservava amb il·lusió guardant-la com un tresor i, que molt de tant en tant, els hi enviava als pares. Havia vingut de Gisclareny, un poblet del Pirineu subalpí i muntanyós des d' on al fons, destaca el Pedraforca, una de les muntanyes més emblemàtiques de Catalunya. A Gisclareny no hi ha botigues, ni escola ni nucli urbà, però la seva senzillesa i l'entorn en què es troba, fan d'aquest poblet, dels més petits de Catalunya amb poc més de vint habitants, una meravella de la natura.

D'aquí n'havia sortit la Caterina per primera vegada en la seva vida, sense cap experiència més que la de la rutina de feinejar al tros, tot ajudant al pare a conrear-lo i a cuidar dels animals de la masia, a més de fer costat a la mare en les feines casolanes.

A través del mossèn del poble, se'n assabentaren de que una família rica, molt rica de Barcelona, en realitat un matrimoni sense fills, estiuejava a la Costa Brava catalana, i cercaven una noia de confiança per a fer-ne d'assistenta de la senyora de la casa durant els mesos d'estiu. Amb les bones referències del mossèn, la Caterina, va sortir per primer cop d'aquell racó del món d'un aire pur i res més, anant a parar a Llafranc, una població, a les hores petita de la província de Girona, que li obrí nous horitzons, canviant-li la seva rutinària vida.

Per a començar, veié la mar de nou en nou i, això només, li eixamplà el cor i el cercle dels seus coneixements desperta i eixerida com era. Satisfets i contents els senyors amb el seu tarannà i complidora amb les tasques de la casa, a les acaballes de l'estiu, mancomunadament amb ella i amb el beneplàcit del mossèn que l'havia recomanada, se l'emportaren cap a

Barcelona. No obstant però, any rere any, cada estiu, tornaven cap a Llafranc a gaudir d'aquell recer meravellós.

D'això en feia ja, deu anys.

L'Ernest gaudia de les vacances, havia dit. Unes vacances merescudes després d'uns anys de dedicació completa a la seva professió.

La seva professió?, no en parlava pas mai de la seva professió, només feia esment dels viatges i llocs on hi havia estat, llocs que enlluernaven la Caterina esplaiant-li el cor i la ment, fent-li preguntes encuriosides que el seu magí senzill, innocent i ingenu, demanava sense malícia, encara que no pas mancada de llestesa i eixoriviment innat però no cultivat.

El que no li havia dit era que estava malalt. No eren vacances sinó una ordre de l'equip mèdic que tenia cura de la seva malaltia, recomanant-li una estada llarga en una zona de mar. Havia visitat balnearis importants arreu del món però la malaltia no remetia, només millorava un curt temps i prou. Era una mena de *Psoriasis* molt estranya, poc coneguda, sense diagnosticar concretament. Tot eren provatures sense resposta, perquè aquelles nafres rebels cobertes d'escates adherents, sense dolor ni contagi, i amagades sempre sota vestits elegants, el feien patir com el més terrible dels mals.

L'Ernest sí que n'era un home adobat, culte i assaonat per la vida i ple d'unes experiències extraordinàries que el feien xerrar i xerrar sense pausa, embadocant-la fins a abstreure-la de tota altre cosa.

En aquestes trobades setmanals, s'hi esplaiaven explicant-se l'un a l'altre les vivències experimentades al llarg de la setmana. Pot ser només eren comentaris intranscendents, però que omplien aquelles hores compartides de la tarda. L'Ernest ja no era jovencell, el pas dels anys havien deixat petjada en ell empès per la malaltia, no obstant però, dins del seu cor encara romania il·lusió per la vida. La Caterina en canvi, era tant innocent, ingènua i càndida, com si els vint-i-cinc anys que ja tenia, encara en fossin només quinze, i, aquestes trobades, aquestes tardes d'estiu davant del far, sentint la remor de les onades i la frescor de la mar, li removia la sang i la feia feliç.

Però avui, dimecres, ell no havia aparegut. La Caterina neguitosa mirava de reüll el petit rellotget de polsera que portava, un regal de la senyora de la casa que li feu per Nadal el primer any d'estada a Barcelona. Les busques ja assenyalaven les vuit. Feia més de tres hores que l'esperava i ell, que sempre solia arribar molt puntual, no s'havia presentat.

Li haurà passat quelcom?, es preguntava. Mai li havia dit res de la seva vida personal, amb molta reserva ni tan sols on vivia, ni tampoc li havia dat quelcom nombre de telèfon on localitzar-lo. Mai. És clar que a sant de què havia de donar-li?, es preguntà de sobte ella en la seva senzillesa, no som pas res jo i ell!.

Com havia estat tant beneita?. Ara se n'adonava de que no el coneixia pas després de tot aquell temps de trobades, en les tardes dels dimecres.

Havien estat unes tardes inoblidables a la riba de la mar, gaudides amb el reflex de la lluminositat del far i dels crits roncs i sonors de les gavines que, amb blanc plomatge, feien giravolts per damunt d'ells. Per la Caterina, era meravellós escoltar aquells relats sorprenents de l'Ernest, de l'art que molt bé coneixia, i dels llocs interessants visitats durant molts anys de la seva vida voltant pel món.

És clar que d' ella ben poc en podia saber ell. Només que en tenia cura de les tasques de la casa dels senyors i que les tardes dels dimecres lliurava. Per aquella càndida ment, mai li va passar pel cap que aquell dimecres després del darrer, l'Ernest no apareixeria i que possiblement, pensava ara, no el tornaria a veure mai més.

Faria tard si no s'espavilava i reaccionà repentinament. Havia esperat tota la tarda i ara, ja vesprejant, moixa i tristona se'n va anar cap a casa corrent per no fer tard. Entre els fogons de la cuina l'esperaven la verdura en remull i el peix a la geladora, per a preparar-ne el sopar dels senyors.

Corria l'any 1973.

ERNEST

2

Les vuit del matí. L'Ernest agafava el tren direcció Barcelona, i des d' allí cap a l'Aeroport, en avió directe cap a Milà, on a les tres de la tarda l'esperava don *Giuliano Bastini,* el director d'una de les més importants Sales de Subhastes on s'havia de realitzar en aquella ciutat, la licitació d'una col·lecció de llibres antics molt important, propietat d'un col·leccionista italià anònim, i pel que semblava arruïnat.

El pobre home, un *gentiluomo cavaliere* d'antany, gràcies als objectes de gran valor que conservava de la família, havia subsistit durant els anys restants després de la Segona Guerra Mundial. Ara, només li quedava aquesta col·lecció de llibres del segle XIV, d'un valor incalculable, i que era la darrera oportunitat d'obtenir-ne un bon pessic per a mantenir-se els pocs anys que li podien quedar de vida. De bona salut ja no en gastava pas massa.

Era aquell fatídic dimecres per la Caterina, que amb gran inquietud havia estat esperant l'Ernest a la vora del far tota la tarda, i on ell no aparegué.

No aparegué perquè havia rebut una trucada urgent des de Barcelona del seu secretari, arrel de la invitació rebuda al despatx, per assistir a la subhasta d'aquella col·lecció de llibres tant interessant i desitjada, d'un bibliògraf per ell desconegut. *"Retalls de la vida medieval de la moda a la Catalunya del segle XIV"*, i el més captivador de tota aquella col·lecció, un famós *Incunable* del segle XV una *Bíblia Pauperum o Bíblia dels pobres*.

L'Ernest era un important antiquari, i un gran bibliògraf, un estudiós del llibre i per a ell, aconseguir-ne qualsevol d'aquelles meravelles, era com posseir un tresor. No s'ho va pensar pas ni un segon. No podia perdre's una ocasió tan preuada.

Va marxar sobtadament sense pensar-s'hi més per agafar el tren, primer fins a Barcelona i l'avió després, que el portaria cap a Milà per assistir a la subhasta anunciada. La il·lusió l'esperonava novament. Tant de temps només cuidant-se la salut, sense viure aquell neguit de la licitació al més-dient, a l'agitació que provoca la veu del subhastador ressonant a la sala: *Algú en dóna més?...,* era massa temptador per a quedar-se a l'escapça.

Feia massa temps que esperava una ocasió com aquesta, la troballa d'una col·lecció tant desitjada, l'essència del llibre, i que tant sols amb els ulls clucs, el feia sentir l'intens olor del paper vell, el color groguenc característic que permanentment vivia en altre temps, en la gran botiga d'Antiquaris de Barcelona heretada dels seus pares i envoltat de molts altres cabals, mobles antics d'un valor incalculable, quadres, retaules, estàtues de pedra o marbre, gerros, porcellanes, bronzes i una munió de petits objectes preciosos, que omplien aparadors i vitrines.

En tenia cura de tot amb dedicació i estima perquè aquesta professió la vivia amb amor, una vocació veritablement profunda des d'anys ha. Des de tota la vida. Aquest era el seu món.

Però la malaltia l'obligà un dia a deixar-ho tot, cercant racons i balnearis adients que de ben poc li servien, quan a la fi, la bona sort casual o fortuïta, li féu trobar aquest refugi a Llafranc. Un habitacle senzill però ple d'harmonia, per l'efecte agradable que produïa l'entorn del seu moblatge. En tenia cura de la neteja, la Vicenteta, una dona empordanesa, vídua, de pell resseca pel sol poc parlera i gran feinera. Per les menges, l'Ernest anava al restaurant de La Fonda, on el cuidaven com si fos de casa: *"Això pel senyor Ernest, aquest guisat pel senyor Ernest..."*, la millor oferta gastronòmica de la Costa Brava, era sempre pel senyor Ernest.

Havia estat un estiu meravellós gaudint del sol i de l'aigua en una costa sense parió, mirant de recuperar-se de la seva malaltia, una malaltia que era com una crucifixió. Encara sort que les nafres, les nafres del seu dolor, no eren visibles a la cara, només en alguna part del cos i a les extremitats, que, molt presumit i ufanós ell, les podia dissimular quan anava vestit, això si, sempre, molt elegant. Pels banys de mar i de sol que tant li havien recomanat, havia descobert un racó de platja, una cala preciosa, que a la primeria del matí no hi havia gent. La munió, era el seu turment.

Tanmateix gaudia d'aquelles tardes dels dimecres a la vora del far, de la companyia d'una estranya primer, pura, pròpia i familiar després,   que, de mica en mica, cada dimecres, l'esperava amb il·lusió. Una noia puella, minyona, poc cultivada, però tant plena de vida i d'una saviesa innata, llesta com la fam, que en les seves profundes o intranscendents converses el feien sentir una impressió forta, colpidora, sorprenent. Estava dotada d'un talent ingènit propi, però desaprofitat per manca de formació cultural. Havia estat per a ell, una descoberta interessant, una companyia gratament factible digne de pensar-hi, encara que només amb l'objecte o finalitat de descobrir-hi en ella d' on venia i per què, aquella saviesa natural.

No havia pogut avisar-la ni dir-li quan tornaria, i ara tot pensant en ella, la recordava amb nostàlgia i enyorava el seu somriure i la seva candidesa.

Mirà per la finestreta de l'avió i una nuvolada com de cotó el transportà a les tardes del far, al record d'unes hores setmanals, que el feien content i que ara enyorava.

L'avís del Comandant el féu tornà a la realitat. Els passatgers s'havien de cordar els cinturons perquè en pocs minuts aterrarien a Milà. Els hi comunicava la temperatura que gaudirien en aquell indret, l'altitud respecte al nivell de la mar, i tots els requisits d'obligança i deures del seu càrrec, com també el desig d'una feliç estada a la bella ciutat.

3

Des de la finestra estant, la Caterina mirava el cel, un cel rogenc que augurava pluja o vent i, feinejant per la casa, pensava neguitosa en l'Ernest. Què havia passat?, es preguntava. Havia desaparegut sense dir res. És evident que m'havia fet il·lusions d'un home que no és per a mi. *Tot un senyoràs,* barrinava, *que ha voltat pel món i que sap moltes coses!, i jo, res de res!. Què soc jo!. Que n'ets de beneita!. Però que et pensaves Caterina?. Desperta, que no ets cap criatura!, que ja tens vint-i-cinc anys!.*

Els ulls se li ompliren de llàgrimes i tot seguit tragué el mocador de la butxaca del davantal i se les eixugà amb pressa. No volia pas que la senyora la veiés plorar. Era tant bona amb ella que de seguida li preguntaria què li passava. Què li podria dir doncs?, quina vergonya passaria. No, no li ho diria pas a ningú que s'havia enamorat i menys a ella. Que tenia el cor trencat per primera vegada en la seva vida, que la tristor la vencia i que el món s'havia ensorrat. Per ella, només quedava la baieta de sarja a les mans, l'escombra i les menges a la cuina per adobar-les.

El cel s'enfosquí més i més, i començà la tempesta. *Ves per on, avui que he fet els vidres!,* es digué amb marriment abatuda per la tristesa...

-Caterina!, tanca les finestres que plou!, sentí la veu de la senyora des del saló. Aquest era el seu món i no d'altre... Havia estat com un somni, una il·lusió, una quimera i ara despertava. Deixà de plorar, s'hi eixugar els ulls i seguí feinejant.

4

L'Ernest estava exultant. Ho havia aconseguit. La licitació era seva. La *pujada* a la subhasta havia estat intensa, no obstant a la fi, s'ho havia fet seu i procurat a un cost relativament baix, més baix del que pensava. La *col·lecció* ja era seva, i tanmateix, el tant preat *Incunable.* Una veritable obra d'art. Una joia.

Sortí al carrer amb una sensació de potència i optimisme característics del triomfador. Era feliç després de molt de temps. Estimava la seva professió amb intensitat, i la tornava a viure com d'antany, amb il·lusió renovada.

Caminava lentament per la *Via Marghera* confortat, assaborint el triomf, fins que arribà al número 28 de la *Via Vittorio Emanuele II* on la llibreria més simbòlica de la ciutat, la llibreria *Mondadori,* li cridà l'atenció per la seva espectacularitat. La coneixia bé, hi havia estat diverses vegades. Sempre que visitava Milà i entrava per adquirir-ne un record. Un llibre, un disc o qualsevol altre cosa que l'actualitat presentés nou o curiós. Pensà en la Caterina i escollir a l'atzar un llibre d'art, per ella. No sabia si apreciaria l'obsequi, si valoraria el gest, un simple gest, fet amb la més bona intenció. Un petit record que manifestava la culpabilitat del seu esperit, durant aquella absència personal que havia causat un viatge imprevist.

Sentia el cansament i volia retirar-se a l'hotel per a recuperar forces però la diversitat de novetats d'aquell món, el feu desistir i persistí en seguir la visita. Es féu amb un *vinil de 33 r.p.m. de Pat Boone,* el darrer èxit del cantant i un llibre de literatura policíaca per el seu propi entreteniment.

Ell era un home fet a l'antiga, enamorat de les antiguitats més valuoses, però sempre sabia estar al dia amb les novetats més curioses de l'actualitat.

Immers en els seus pensaments, calibrava la magnitud de la transacció d'avui, una de les operacions més importants de la seva vida professional. Si sortia l'ocasió de vendre-la en podria treure un bon pessic i si no, conservar-la per a ell per la seva col·lecció personal i privada, era tanmateix una gran satisfacció.

Ara ja, només era qüestió de rebre-ho a la botiga, on s'encarregaria en Sergi, el seu secretari personal, que, des de feia tres anys, des que la maleïdora malaltia es manifestà, se'n ocupava personalment de l'Empresa. "Compra i venda d'Antiguitats". Ja li havia notificat per telèfon la transacció verificada amb èxit, i sabia que podia confiar plenament en la seva professionalitat.

Gaudiria d'un dia més a Milà amb tranquil·litat i després, tornaria cap a Barcelona.

Llàstima que ha estat un viatge com un llampec, raonava a si mateix. Aquest cop no he gaudit de les belleses de la ciutat: *El Duomo,* on demà hi faré una visita ràpida, aprofitant el pas per les galeries *Vittorio Emanuele II* on faré un mos en un restaurant típic; visitaré *l'Església de Santa Maria de lle Grazie* on tantes vegades he admirat *El sant Sopar* de *Leonardo da Vinci,* o simplement faré un cop d'ull a la façana del Teatre de *La Scala,* on he gaudit de les millors òperes de la història en altres ocasions..., i tants d'altres llocs dignes de visitar..., però que aquest, no és el moment. Demà passat de bon matí, cap l'aeroport *Milà-Malpensa* per a tornar cap a casa.

Ara, per uns breus moments, li tornà a la ment la imatge de la Caterina, i nostàlgic, enyoradís i marrit, de cop i volta, sentí com el cor se li accelerava, i, murri, somrigué, mirant-se l'embolcall on hi havia el llibre d'art que era per ella. *No siguis babau, és massa jove i innocent per a tu,* es digué.

Es dirigí cap a l'Hotel. Havia estat una tarda plena d'emocions i es trobava esgotat. Aquella energia d'antany, viatjant pel món sense detura, incansable, obstinat i porfidiós ja no emergia, ratllava més que la cinquantena, i els anys no perdonen, aquells anys que li havien permès viatjar pel món, sempre a la recerca de la millor obra d'art del mercat dels Antiquaris Galeristes, i participar en les subhastes més importants del món, gaudint d'aquells objectes de gran valor, o de les millors col·leccions de llibres antics que li omplien la vida.

Demà passat, tornaria cap a Barcelona, i de Barcelona tot seguit cap a Llafranc. Sentia enyorança del far..., de la mar..., del sol... i de... Per què no?.

Persistia en la seva ment la imatge de la Caterina. Ell, un home tant cultivat, que havia rodat pel món coneixent a dones interessants aciençades en l'art, i amb les que podia conversar animada i profundament i mai, mai, cap d'elles li havia deixat petjada. Si, quelcom aventura de tant en tant n'havia viscudes, però esporàdiques, espargides, sense cap transcendència. I ara, barrinava l'Ernest, a aquestes alçades, una mossa fadrina que no pertany al meu món, em fa ballar el cap fins al desconcert.

Es que mira que n'és d'espavilada!..., quan li parlo dels meus viatges rodant pel món, em fa preguntes que m'aclapara i confon. Té una llestesa innata prompte a comprendre les coses amb un raonament tant encertat que em pertorba. Com és possible això en una persona sense ciència? I els ulls?, uns ulls que li brillen encuriosits com si tingués fam de saber...

-No podria pas jo?... Si... Per què no?. Seria un repte interessant!, pensà de sobte. Com un símil *Pigmalió.* L'efecte *Pigmalió,* és clar!..., es digué sorprès i amb convicció exultant i amb entusiasme per la descoberta.

Fosquejava. Capvespre ja, els fanals del carrer s'anaven encenent un darrere l'altre. El dia cridava la nit i invitava al retir de la gent que caminava pel bulevard, acostumats ja al clima humit i persistent del mes de setembre. L'Ernest, es decidí per anar-se'n cap a l'Hotel. Tantes emocions per un sol dia pesaven massa, es digué a sí mateix. M'estic fent vell.

5

La Caterina, voltava per Gisclareny. Li havia demanat a la senyora uns dies de permís per a visitar els pares, aprofitant un viatge d'ells a París de dues setmanes. En tots aquests anys no n'havia fet mai de vacances i sentia nostàlgia de la terra, i en el seu enyorament on la tristor l'atribolava per la desaparició inesperada de l'Ernest, pensà en els pares, en les seves arrels.

No és que se'n hagués oblidat pas d'ells durant aquests anys, perquè les retribucions econòmiques que percebia prou que els hi enviava sempre, però el canvi de vida que li representà el marxar primer cap a Llafranc i després cap a Barcelona, la gran ciutat descoberta per primera vegada en la seva vida, on s'havia adaptat tant bé al nou ambient, a la seva feina i a l'estima que els senyors Riverola li mostraven, que gairebé no hi pensava mai en ells. Una carta de tant en tant, recordant-los i res més.

És clar que els pares tampoc n'eren de festosos, de mostrar mai cap gest afectuós. El pare, sorrut de mena, poc tractable i la mare retreta poc comunicativa, consagrats sempre a la feina, només treballant i treballant, fent-ne cura de la terra i els animals; que la Caterina sense adonar-se'n, havia abocat dins seu, sempre, els sentiments, la grandesa del seu cor, quedant-se a l'escapça de les seves pròpies necessitats afectives, gaudint només de la natura i corrent amunt i avall, per les muntanyes que envolten el preciós poblet de Gisclareny.

Havien passat deu anys, però ara, al tornar-hi ni que fos per uns dies a retrobar-se a casa amb els pares, contents ells de veure-la, gaudint de nou de les meravelloses vistes del massís del Pedraforca i de l'entorn, s'havia recuperat de la tristesa que l'hi envaïa el cor, reconquerint la il·lusió.

Si existeix el paradís, Gisclareny se li assembla bastant. Es diu que en l'acta de consagració de la parròquia de sant *Miquel Turbians*, consagrada l'any 948, parla d'un llogarró conegut com el Paradís. Es un petit municipi de la comarca del Bergadà en el Pirineu català, preciós i inesborrable, que ara li feia oblidar la tristor i li tornava la vida.

Els pocs veïns que són al poble, és coneixen tots, i al veure-la de nou, li expressaven l'alegria que sentien després de deu anys de no tenir-la frec a frec, amb ells.

Ja no era aquella noieta d'antany que corria pels carrers del llogarró i per la muntanya. S'havia convertir en una dona de cap a peus i a més a més molt bonica, de ciutat, singular, tot i ésser només una *minyona de casa bona*.

Això esperonà a la Caterina, i la il·lusió per la vida tornà al seu cor.

Passaren uns dies que l'ajudaren a oblidar aquella feixuguesa aquell pesar que sentia per primer cop en la seva vida.

Com d'antany quan hi vivia, ajudava el pare als quefers de la masia; a cuidar dels animals i del tros, i el que feia també, eren grans passejades per la muntanya gaudint sola del paisatge, del massís del Pedraforca i de l'entorn de Gisclareny, que ara encara valorava més i el trobava més bonic.

Gairebé ja no hi pensava en l'Ernest, en les seves trobades al far, en aquelles tardes de xerrades que li havien emplenat el cor i l'havien fet feliç. Gairebé no. Només de tant en tant no podia evitar una llambregada al temps passat que li havia canviat la vida. Però la seva saviesa innata, tot seguit, la feien tornar a la realitat i, es sobreposava, superant l'adversitat dels sentiments.

Tornar a les seves arrels va ser un temps feliç, curt però feliç. Ni el pare ni la mare eren de fer moixaines ni afalagaments. No hi havia temps. Massa feina a la masia. Però sense haver-ne rebut mai, sabia que l'estimaven i ara, passats els anys, havia estat ben retrobada.

Era temps de marxar. Les dues setmanes que el viatge dels senyors a Paris més o menys duraria, s'estava esgotant i, en tres dies, hauria de tornar a Llafranc. Ja ho enyorava, s'havia fet tant a la vida dels senyors principalment a la senyora Riverola tant afectuosa i tendre, que si hi sentia com part de la família, tot és clar, guardant sempre les distàncies. Ells els senyors i ella la minyona.

La Caterina era agraïda i sabia valorar les petites coses que la vida li oferia. Reconeixia que aquell canvi al sortir de Gisclareny per primer cop li serví per descobrir un món desconegut, la remor de la mar li despertà a la vida. Conèixer després la gran ciutat quan tornaren a Barcelona li obrí els ulls a un altre món nou per a ella, que, d'haver seguit a Gisclareny no hauria conegut mai.

6

L'Ernest de camí cap a Llafranc anava pensant en la Caterina. Tenia grans projectes vers ella en la seva ment. Li il·lusionava el propòsit que s'havia fet d'intentar amb el beneplàcit d' ella és clar, d'ensinistrar-la, de cultivar-li aquella ment sàvia però emmandrida.

Anhelava retrobar-la i proposar-li el seu objectiu.

Era divendres i s'hauria d'esperar al dimecres. Aprofitaria per a descansar, prendre banys d'aigua i sol com li convenia i, el dia assenyalat, com un clau aniria cap el far, expectant, amb l'obsequi del llibre.

La tarda queia i una posta de sol meravellosa, rogenca com de foc, s'albirava a l'horitzó. Sentia una felicitat immensa. La il·lusió d'un adolescent que, evidentment, ja no n'era.

Arribà el dimecres esperat i abans d'hora ja hi era al far. Segué al banc i hagué d'esperar inútilment tota la tarda, com aquell fatídic dia ho féu la Caterina, perquè ella no aparegué. Mirava constantment les busques del seu rellotge com també ho féu ella en el seu dia, i la desil·lusió es manifestà en el seu cor.

On ets Caterina?, es preguntava. No sé pas on vius, què he de fer per a trobar-te?. No m'ho facis això. Necessito veure't de nou. Tinc projectes interessants per a tu, és deia a sí mateix amb malfiança, amb inquietud.

De sobte sentí com el món s'ensorrava. Tots aquells plans i objectius s'esmicolaven com la sorra. És clar que ell tampoc no ho havia fet bé. Havia desaparegut sense dir-li res i ara què esperava?. Trobar-la com si res hagués passat?.

Rastrejaria si calia tot Llafranc fins a cercar-la. No es perdonava aquella falla. Era un home de paraula, ¿com havia pogut comportar-se així?, es preguntava... Cap cot, emmurriat amb si mateix, se'n tornà cap a casa. Ni ganes tenia d'anar a sopar a la Fonda.

L'endemà matí, quan arribà la Vicenteta per a fer-ne la neteja de la casa, d'incògnit, i amb una mena de simulació, l'Ernest l'hi etzibà:

-Vicenteta, vostè que és del poble, nascuda aquí, coneix per un casual la casa on viuen els senyors Riverola?, és un matrimoni que estiueja aquí a Llafranc fa anys i que són de Barcelona.

-Home!, a mi no m'agrada tafanejar en la vida dels altres i no, no els conec pas, i menys si són estiuejants, no sé pas qui són, no m'hi faig jo amb gent de categoria, però si molt l'interessa puc demanar-ho al forn o a la botiga de queviures, pot ser que els conegui'n i me'n donin raó. Li contestà mirant-se'l amb recel de cua d'ull.

-Doncs si ho pot fer li estaria molt agraït. En una recepció recent a Barcelona, mentí descaradament, vaig conèixer unes persones que al saber que m'estava a Llafranc me'n parlaren d'ells perquè i tenen tracte de temps en temps, i saben que hi estiuegen aquí. M'agradaria passar a saludar-los. Tinc tants pocs coneguts ni amics aquí.

La Vicenteta desconfiada de mena se'l tornà a mirar de través i, amb resignació, li contestà:

-Bé, si tant l'interessa ho intentaré, si ho esbrino, ja li diré quelcom. Rive... com ha dit?.

-Riverola. Gràcies Vicenteta. Me'n vaig cap a la platja a fer una bona cabussada a la mar i a prendre la meva ració de sol. Ja sap, prescripció facultativa.

El bon humor tornà a sorgir en l'esperit de l'Ernest. Somrigué esperançat amb la il·lusió d'un adolescent o d'un infant, que li han promès una llaminadura.

7

Trucà a la porta i ningú li respongué. Mirà l'entorn del jardí molt ben cuidat que envoltava la casa i no s'hi sentia cap soroll.

-No hi són pas els senyors Riverola!...

Des de la distància una veu li parlava. No hi veia pas ningú.

-Aquí dalt a la finestra estant de la casa veïna!...

Alçà el cap i veié una noieta que netejava els vidres de la finestra. Suposà que era una serventa.

-Volia saludar els senyors Riverola, mentí l'Ernest a la descarada.

-Ja li he dit que no hi són. Són a l'estranger, a Paris crec.

-Sap quan tornen?, preguntà decebut.

-No, la Caterina no me'n va dir pas res, quan va marxar cap a Gisclareny.

El cor se li disparà al sentir això. *Cap a Gisclareny?,* pensà atordit.

-És que la Caterina ha tornat al poble?, també volia saludar-la a ella, mentí de nou amb atrevida insolència.

-Si, per unes setmanes, mentre els senyors són fora. Vol quelcom encàrrec per a quan tornin?.

-No, gràcies, és molt amable, ja tornaré.

Bé, pensà agraït, tancà els ulls reconfortat. L'he trobada!. Esperaré pacient a que torni. Persistiré. L'entorn, aquesta placidesa dels banys dels matins, la immensitat d'aquesta mar blava preciosa i l'acaronament dolça de la brisa i la calor del sol, em faran l'espera menys planyívola.

La Caterina tornava del passeig per la muntanya, sufocada, amb les galtes rogenques com quan era joveneta i corria per l'entorn de Gisclareny.

-Ho trobes a faltar oi?, li preguntà de sobte la mare.

Torbada per la qüestió inesperada, sofrí un sobresalt. Com si l'haguessin enxampat en falta, sentí una calrada al rostre. Com si fos transparent i la mare sabés què li estava passant. Que patia.

-Vull dir que trobes a faltar la muntanya..., aquest entorn que allà no tens..., prosseguí innocentment la mare.

La Caterina reaccionà ràpidament i dissimulà la torbació. -Si, és clar que ho trobo a faltar ho enyoro molt, tot i que amb els senyors estic molt bé.

A qui enyorava era l'Ernest. Encara no entenia què havia passat i, passejant per la muntanya, defugia del turment que li era el no saber-ho. El no entendre aquella fugida inesperada.

La preciosa posta de sol que havia estat admirant en el camí de tornada, irradiava el cel i reverberava a raig sobre les muntanyes. Mentre la tarda queia melangiosa, llangorosa

i el capvespre s'hi apropava, els sentiments
d'aflicció de la Caterina reflectien pesantor en
la seva nostàlgia, en el seu atribolament, en la
seva tristor encoberta.

8

L'Ernest guaria la seva salut, gràcies als banys d'aigua i les llepades del sol d'aquell racó descobert en les meravelloses platges de Llafranc, però l'espera es feia insuportable. Cada dia al llevar-se mirava el calendari i pensava: *ja falta un dia menys. Aviat ens retrobarem Caterina!,...*

Aquells banys de bon matí dins l'aigua blava tan clara i neta, eren restablidors per la malaltia del cos però no pas per l'ànima ni per la ment ni per l'esperit. S'havia fet il·lusions com l'adolescent que desperta per primer cop als sentiments de l'amor, i ell no n'era pas d'adolescent, ni tampoc sentia amor. Era una altre cosa. Ja començava a estar carregat d'anys, i aquests sentiments tardans no eren recomanables. A la tardor de la seva vida, només podia compensar amb goig, l'entrega incondicional vers la Caterina.

Aquell propòsit de fer-ne d' ella una dona no només plena de valors morals que ja ho era, sinó d'omplir-la de coneixements pels quals n'estava dotada i que per circumstàncies de la vida estaven emmandrits, ara, ara era el moment d'aprofitar-los aquests dons, i demostrar-li així, els sentiments, les sensacions i la disposició emocional que sentia vers ella.

Així passava les hores d'espera, fent plans. Amb la il·lusió jovenívola ja llunyana, però amb la mesura i capteniment de l'home fornit que n'era.

Cada dimecres com un clau, acudia al far amb la il·lusió de retrobar-la, però passada la tarda, cap a la vesprada, se'n tornava cap cot cap a casa amb el cor encongit, amb l'ànim flac.

Ja n'estava fart! , es digué resolut aquell darrer dimecres: Demà mateix aniria a la casa a esbrinar de nou si havia tornat.

Premé el timbre de la porta i ningú respongué. Insistí novament i res. Una dona tallava unes flors al jardí veí i, cortès, es dirigí a ella.

-Bon dia, disculpi senyora, els senyors Riverola encara no han tornat de París?.

-Sí, és clar, però són a Barcelona per uns dies. Crec que venen el proper divendres.

-Ah!, i la Caterina també?.

-Qui és vostè?, i què hi vol d'ells?. Preguntà neguitosa per la inconveniència del desconegut.

-Disculpi de nou, senyora, Soc amic de la Caterina. He estat absent de viatge uns dies i al ser aquí de nou, volia saludar-la tot pensant que ella també havia tornat.

-Doncs crec que ella també torna divendres però no n'estic segura.

-Moltes gràcies, ha estat molt amable.

Girà d'una revolada sufocat i avergonyit, i dirigint la mirada cap el jardí digué cavallerós: Unes flors molt boniques!, té un jardí preciós. Passi-ho bé, bon dia tingui...

Però què fas Ernest?, es digué enutjat, marxant de pressa amb la cara roenta per la calrada. És ridícul!, grotesc!. M'estic comportant com una criatura!...

9

L'endemà matí després d'una bona passejada per la platja, es dirigia cap a la cala dels seus somnis. Aquella descoberta sorprenent d'un dia rutinari a la recerca del racó desitjat, i que des d'aleshores, en gaudia tots els matins d'aquella dolça besada del sol i tanmateix, de la fresca remullada d'una aigua blava i transparent que el transportava a un altre món.

Com en un somni, planejava mentalment com fer-li la proposta a la Caterina, d'aquell desig agradós, amorosívol, de símil *Pigmalió.*

Ho hauria de fer amb serenor, pensava, d'una forma senzilla perquè captés les bones intencions que tenia vers ella. Només volia despertar-li aquell do, aquelles capacitats que tenia amagades sense saber-ho. La saviesa innata. La creativitat adormida. Aquell art dins del seu cor. Conrear-li aquell regal del cel del que disposava i no ho sabia. Hi hauria feina a fer, sí, però només calia que ella ho acceptés i n'estigués disposta a emprar-ne tots els mitjans possibles i temps, això sí, molt de temps. Pot ésser que fos aquest el principal obstacle, el temps, si no acceptava les condicions que li pensava proposar, i per contra, volgués seguir treballant pels senyors Riverola.

Fóra una llàstima perdre's una ocasió com aquesta de realitzar-se com a persona, aprofitar les altes capacitats innates, el do que tenia. El creador pràcticament no necessita ningú. L'artista es pot fer amb un bon entrenament i això és el que li volia proposar. Arribar a ser una excel·lent professional en antiguitats, viure la intensitat de l'artista quan descobreix una veritable obra d'art.

No és volia pas capficar abans d'hora. Era una il·lusió i un repte per a ell. Estava per veure si aconseguiria realitzar-lo o només era una quimera.

Nedà una bona estona en aquella mar calma i colpidora, i després prengué el bany de sol prescrits pel metge. Aquest, era un altre repte distint però manifest a aconseguir. Pal·liar la malaltia, intentar guarir-la.

Tornava estar content, i havia il·lusió en la seva vida. Havia aconseguit la licitació a la Subhasta, disposava de la meravellosa col·lecció de llibres desitjada i el preuat *Incunable,* probablement la darrera operació en la seva vida professional.

Estava cansat i ara només lluitava per a posar remei a la malaltia, tot i que sabia ben bé que era el somni d'una panacea. No obstant però, en la seva vida hi havia un bri d'alè, un repte que l'ajudava a oblidar-se a estones del problema apressant. Havia conegut a la Caterina i tenia un pla, un projecte, un projecte molt bonic a realitzar.

10

-No pots posar-te a estudiar ni Belles Arts ni molt menys Història de l'Art. Hauries d'anar a la Universitat i per això, necessites molta base que no tens, però si que disposes d'un do que molts estudiants i professionals de carrera ja voldrien. Això, precisament, és el que has de fer servir. Aprofitar-lo, fer-ne ús. I tens dret, perquè és teu, Caterina. No et resignis a seguir amb la vida que portes, netejant i cuinant pels altres. És molt digne el que fas i segurament ho fas molt bé, però tens un do, i unes capacitats que clamen per sortir a la llum, i això és el que t'ofereixo...

D'això feia sis mesos. Una senzilla i tranquil·la conversa al far de Llafranc, asseguts ambdós en un banc una tarda de dimecres. Amb el llibre d'art a les mans, el batec del cor i la il·lusió d'un obsequi de l'Ernest, la Caterina escoltava atenta la seva proposta, unes paraules que l'oïda percebia música, com una dolça cançó que surava a l'aire. Tot això, tres setmanes després de la nefasta separació imprevista, arran del viatge a Milà.

Més tard, rememorava en el record l'angoixa viscuda d'aquella llarga absència, alleugerada i redimida més enllà, per l'aire i el sol de les enyorades muntanyes de Gisclareny.

Una seriosa conversa entre l'Ernest i els senyors Riverola primer, conjuntament amb el mossèn de Gisclareny com a protector de la Caterina, esdevenir una tarda a casa dels Riverola.

Va ser difícil, ningú d'ells no entenia pas les bones intencions de l'Ernest, del qual pretenien unes garanties per cedir a la seva proposta.

-És major de edat, digué ell. És simplement millorar el seu estatus personal, mitjançant un esforç que haurà de fer i gran, per a aconseguir-ho. Te un do natural, unes altes capacitats sense explotar, que convé cultivar-les pel seu bé. I te dret perquè són seves. O..., tal vegada creuen que és millor que segueixi fent de minyona la resta de la seva vida?.

Hi hagué un llarg silenci a la sala que donà peu a l'Ernest a seguir parlant.

-Jo, proseguí, estic disposat a fer-me'n càrrec incondicionalment. Els hi ho dono paraula de cavaller. Tinc cinquanta-quatre anys i arrossego una malaltia causa per la qual, malgrat la meva carrera professional, ja no puc seguir exercint. Ella, encara és jove i té facultats per aconseguir-ho. No serà fàcil és clar, però amb esforç i la meva entrega pot esdevenir-ne posseïdora.

-I..., no seria millor demanar-la en matrimoni?, apuntà el mossèn a mitja veu, pot ésser perquè no s'hi atrevia a expressar-se en veu alta.

-No, mossèn, no és qüestió de sentiments, contestà l'Ernest. Jo, l'aprecio massa per a comprometre la seva vida a un home bastant més gran que ella, per interès. Ha de ser lliure per triar, per desenvolupar-se, per enriquir-se de ciència i arribar a tenir una professió que li permeti emancipar-se i obtenir independència personal i econòmica.

-Sé que n'és capaç i si li donem les eines que necessita, en aquest cas l'ensenyament precís, ho aconseguirà. Però ha de ser lliure. És un ésser afamat de saber. En el poc temps que la conec, és com si l'hagués tractat tota la vida. Sé que serà feliç, perquè obrirà la ment i el cor al món i a la vida. Després, quan ho haurà aconseguit, si vol casori, serà ella qui ho escollirà, no les circumstàncies.

La Caterina callava escoltant atenta i, en el fons del seu cor, ja ho era de feliç, sentint només com s'expressava l'Ernest.

El mossèn, que se'n sentia responsable per la seva intervenció des del poble per a ser presentada a la família Riverola, accedí a la fi, amb la condició explícita d'estar-ne al corrent del futur a esdevenir. Encaixaren la mà com si d'un contracte es tractés i s'acomiadaren plegats.

Al sortir a fora ja vesprejava i el sol és ponia sobre l'horitzó amb uns colors preciosos al cel, que a la Caterina la feren somriure mirant-los. El cor li bategava fort però dissimulà l'emoció. Era feliç, molt feliç, acomiadant-se de l'Ernest només, per unes hores.

11

Vuit mesos feia ja que la Caterina s'havia instal·lat a Barcelona en una Pensió al carrer Comtal. Li havia procurat l'Ernest prop de la seva botiga d'Antiquaris i del qual cost pel manteniment, evidentment, se'n feia càrrec ell,   d'una   manera   absoluta   i incondicionalment. Anava a estudi cada dia a casa d'un professor ja jubilat, l'Octavi, home savi i molt amic de l'Ernest, amb el qual havien convingut la formació d'una base cultural fonamental, precisa per la Caterina. Donar-li coneixements, polir el seu llenguatge i fer-ne d' ella una dona acurada, quasi perfecta. Aquest era el somni de l'Ernest.

Moltes hores d'estudi no li eren pas feixugues a ella, s'ho prenia amb interès i amb il·lusió, perquè obria la seva ment cap a un món nou desconegut, el qual sense saber-ho, en el fons del seu cor, anhelava. Els caps de setmana, ambdós, l'Ernest i ella, els dedicaven a visitar exposicions, recórrer museus o qualsevol altri; tot, tot, relacionat amb l'art, del qual ell n'era un gran coneixedor.

La Caterina, insaciable, no en tenia mai prou, i l'Ernest reia i el satisfeia observar-la, com gaudia d'aquell món nou per a ella. Ell, tot i que la malaltia prosseguia inflexible, ja no l'hi importava, perseverava sí amb els tractaments mèdics prescrits, els *corticosteroides,* però no era pas la seva prioritat en el decurs de la vida. Fins i tot, sense adonar-se'n s'havia rejovenit. Vivia només pendent d'aquell repte, gaudint àdhuc dels seus tresors, però amb la il·lusió i el coratge vers a aconseguir amb el temps, de la Caterina, d'un diamant en brut, la més preada joia.

N'estava segur d'aconseguir-ho, perquè tot i ésser un objectiu difícil, la il·lusió i estímul que veia en els seus ulls, cada dia amb més vivor, l'hi ho deien; com també l'hi deien, tot i no voler-ho reconèixer, que ella cada dia el preava i considerava més, perquè des del primer dia que es conegueren, n'estava enamorada.

Tot l'esforç i dedicació per a estudiar, no el feia només per a formar-se i instruir-se, sinó per a fer-lo feliç a ell, per a mostrar-l'hi el seu agraïment i, per sobre de tot, per a fer palès els seus sentiments, el seu amor no correspost, perquè ella, d'això, n'era conscient.

Encara recordava divertida, les mostres expectants dels senyors Riverola, i de mossèn Lluís, en la conversa manifesta entre l'Ernest i ells, aquella tarda a Llafranc, per oferir les seves intencions de canviar de dalt a baix la vida d' ella, per a fer-ne quelcom més que una minyona i, això sí, amb el ben entès, sense condicions ni reserva, de bona fe.

I tant que la canvià!. Esdevingué per bé. No obstant això, no entenia pas aquella obsessió cavalleresca, de mantenir distància en el tracte personal. De no manifestar els sentiments que s'hi escolaven a través de les mirades, en el gest, en l'actitud i el capteniment d' ella.

Per què Ernest?, es preguntava, quan a soles a les nits a la pensió, des del llit ençà, sense poder dormir, és delia pensant en l'home que estimava. Per què?, per què?, per què?... Si és amor de debò el que sentim, no?...Al menys jo, sí.

Passaren deu mesos més entre la tardor, l'hi hivern i la primavera i tornà l'estiu. Per Nadal havien passat a saludar i felicitar les festes als senyors Riverola, a Barcelona, que ja tenien una altre minyona, i l'Ernest, féu de nou palesa la relació respectuosa que seguia entre la parella, i els avenços de ciència aconseguits,   en l'ensinistrament que es portava a terme.

Els hi constà el refinament de la noia. Realment havia canviat, s'havia polit el seu comportament i fins i tot és manifestava una dona elegant, amb els vestits que l'Ernest l'hi procurava d'una Firma important de la ciutat.

-A l'estiu, digué l'Ernest, farem un viatge cap a Itàlia. Visitarem Florència per a gaudir de l'art i perquè conegui la bellesa d'aquella ciutat de la Toscana. N'hi ha tant d'art!..., prosseguí ell, que estic segur que a la Caterina l'hi agradarà molt, i en traurà profit. És part de l'aprenentatge.

-I vostè què en treu de tot això?, l'hi etzibà el senyor Riverola amb recel, a qui com a home preponderant pel seu status social però tan simple no com la raó caldria, doncs el seu cervell com a seu del pensament i judici, encara no havia convençut aquella gesta utòpica.

-Fer un bé a la humanitat, i en aquest cas a la Caterina. Contestà prest l'Ernest, molest per la intencionalitat de la pregunta. No és just que un talent viu, dormi per sempre en la foscor. Per mi, prosseguí, és un crim malbaratar-lo, no despertar-lo a la llum. La Caterina s'ho mereix.

...i la Caterina és delia sentint aquestes paraules i, el batec del seu cor, cop a cop, es

debatia per l'amor secret que sentia per
l'Ernest.

12

La Caterina era feliç estudiant amb frenesia, perquè tenia fam de saber, conèixer coses que fins ara desconeixia. Volia tanmateix, fer content l'Ernest i demostrar-l'hi l'agraïment que sentia, però no tant sols la gratitud sinó també l'amor que fluïa dels seus sentiments.

La mentalitat oberta innata en ella, no comprenia la repressió que ell mostrava en tot moment, sempre tant cavalleresca. Eren adults i lliures, per què no eixir els sentiments?. Quantes vegades no l'hauria abraçat i besat amb desig essent al seu costat, quan s'acomiadaven davant la porta de la pensió on ella s'hi hostatjava; però la seva mirada la frenava en sec i se n'estava ben contrariada, decebuda, desil·lusionada, retenint aquell impuls que el seu cor li demanava. L'estimava tant!...

Estudiaré molt, molt, pensava innocentment, i l'hi demostraré així tot el que sento per ell. Pot ser aleshores...

Però l'Ernest tenia un repte, s'havia fet un propòsit, un objectiu i, per descomptat, el desafiament per a aconseguir-lo. En cap moment, volia destorbar-lo amb els sentiments. Sentia per ella quelcom més que un afecte, també l'estimava a la seva manera, ho sabia. Però per res del món, volia interferir els sentiments, ni que ella es sentís en deute amb ell. Pretenia forjar-l'hi personalitat, donar-li seguretat en aquell caràcter generós, connivent, ple de bondat. Què podia oferir-li ell?, un cos gairebé vell i amb nafres a un altre jove i vigorós?.

Així era l'Ernest. Íntegre, probe, honest.

En tenia prou veient-la feliç, contenta i il·lusionada, com descobria dia a dia amb l'estudi coses noves desconegudes, la lluïssor dels seus ulls quan la descoberta es reflectia lliurant-la a la llum, aquella expressió plena de coratge quan el mirava. Pot ser que el seu amor propi, el seu orgull ja el feia sentir de feliç també. Volia estimar noblement i sentir-se estimat, sense condicions.

Aquella integritat el cegava i no l'hi permetia veure l'amor total i sincer de debò, que la Caterina sentia per ell i l'hi oferia de bon grat.

Mentrestant, l'Ernest programava lentament el viatge a Florència que ella ni s'hi imaginava. Coneixia les seves intencions, però no el contingut. Un viatge que l'hi faria descobrir coses meravelloses, que li canviarien la vida. Havia estat moltes vegades en la botiga d'Antiquaris de l'Ernest, i l'hi havien fascinat molt els objectes de gran valor que ell, orgullós, li mostrava; quadres, mobles antics, rellotges, llibres, estàtues..., tot, tot, amb la seva història pertinent, però el món de l'art que l'hi havia de revelar aquell viatge sorpresa, mai no se'l podia ni imaginar.

Passaren el mesos i arribà l'estiu. Era el moment de descansar i de gaudir.

Era el mes de juny quan emprengueren ambdós, el viatge amb destí a Florència.

13

Florència, bressola del Renaixement, oferia al ulls de la Caterina, des de *Peretola,* l'Aeroport pròxim a la ciutat, la seva bellesa, i les meravelles d'art que esperen a l'estudiós que es dedica amb gust a preparar-se curosament, per a examinar-los i determinar-ne la natura, el caràcter, la significació del seu valor i, interpretar-los o reproduir-los, com és degut. Aquesta era la il·lusió que sentia ella.

Estava feliç, no cabia en la pell de goig. Era el seu primer viatge en avió, una experiència exultant encara increïble per ella, i es mirava l'Ernest amb amorosa admiració i alhora amb gratitud, per haver-ho fet possible.

Durant els mesos d'estudi amb el mestre Octavi, havia obert la ment a la ciència amb afany de saber, perquè en realitat els dons innats que l'Ernest havia sabut descobrir en ella, ho requerien, clamaven per sortir a la llum, i ara que s'havien materialitzat, ho vivia amb anhel, amb passió, convertint-la en poc temps en un ésser insaciable que aprofitava quelcom moment per a assabentar-se de tot.

L'Ernest no cabia a la pell de goig veient-la feliç, afamada de saber i, és sentia satisfet, perquè el repte que s'havia imposat estava donant fruïts amb abundància, fins i tot, més dels que esperava, i per això, sense fer-l'hi saber mai, l'estimava més i més cada dia, però tanmateix... a la seva manera, no amb fredor però només amb efusió de tendresa.

En taxi, és dirigiren cap a l'hotel *Cavour,* on hi tenien reservades dues cambres.

-Dues?, interpel·là de sobte la Caterina, quan ho sentí.

L'Ernest no contestà i es girà cap a la finestra del taxi, uns segons, tot i veient l'enuig d' ella.

-A cau d'orella i amb discreció per la mirada del taxista a través del retrovisor, li digué: no facis *morros...*, ja veuràs com t'agradarà l'hotel, és on m'hi hostatjo sempre que hi vinc.

Un cop instal·lats en les respectives cambres, sortiren a sopar tot passejant cap a l'altre banda de l'*Arno*, travessant el *Ponte Vecchio* símbol de la ciutat, el més antic d'Europa.

L'Ernest es delia en explicar-li la història que la Caterina escoltava en silenci, encara *morruda*.

-Durant els segles XV i XVI, començà a expressar ell amb passió: aquestes cases suspeses eren només els habitacles dels carnissers de la ciutat. En canvi avui, fixa't bé en aquestes peculiars cases tant boniques, allotgen les millors botigues de joieria i orfebreria de la ciutat, on pots contemplar als aparadors, meravelles de l'artesania dignes d'admiració.

Els ulls de la Caterina, amb desfici, no sabien pas on mirà per a no perdre's res.

Seguiren caminant i arribaren a la *Tagliatel·la,* una pizzeria molt reconeguda internacionalment, on l'Ernest volia oferir-l'hi un sopar de benvinguda a la ciutat de l'art, i on podien degustar plats deliciosos com molt bé coneixia. *La bistecca a la florentina* una carn magra de vedella *chianina, o* els *ravioli di cinghiale* farcits de carn de senglar o els famosos *parpadelle,* una pasta llarga i ampla semblants als *fettucini.* Tot boníssim i que l'Ernest ho havia tastat sempre en tots els seus desplaçaments a la bonica ciutat. Desitjava que la Caterina ho provés i ho assaborís també. Volia veure-la contenta i feliç, i per damunt de tot, que oblides l'enuig que feia poques hores s'havia originat.

L'enuig passà i gaudí del sopar, però restà en el fons del seu cor un petit ressentiment que la corsecava. No entenia el comportament de l'Ernest vers ella. Per una banda, entregat per complet a fer d' ella una dona amb saviesa, amb personalitat, amb estil i elegància i bé que ho estava aconseguint, perquè ella responia amb delit i es sentia feliç estudiant i aprenent i escoltant i seguint els seus consells. Però... i els sentiments?, és preguntava dubtosa. Jo l'estimo i em pensava que ell també em corresponia, i aquest viatge era escaient, idoni, adient per aflorar els sentiments continguts. Què soc doncs per ell?, és preguntava dubtosa..., un objecte a polir?, a brunyir-lo ben lluent?, un més com molts dels que té a la botiga per a presumir davant dels clients?, dels amics?.

-Què barrines?, preguntà de sobte l'Ernest davant del silenci de la Caterina. No t'agrada el sopar?, no estàs contenta de ser aquí a la ciutat de l'art on veuràs meravelles inimaginables i que no oblidaràs mai?.

-No barrino pas. Ja ho saps. Ja em passarà, i sí m'agrada el sopar, estic contenta de ser aquí i pots estar segur de que gaudiré de les meravelles que m'oferirà aquesta ciutat de somni, gràcies a tu.

Silenci altre vegada..., un silenci que l'Ernest no trencà pas, ans al contrari, romangué callat amb un somriure maliciós, lleu, sense soroll.

L'endemà començà el recorregut planificat per l'Ernest, després d'un desdejuni silenciós també. No volia pas forçar aquella situació inusual en la Caterina. Tan dolça sempre, riallera i amb un caràcter generós ple de bondat, ara reclosa en el mutisme per causa d' ell.

-Hauries d'haver pres un bon esmorzar com jo, li digué ell per atraure l'atenció amb la intenció de trencar aquella incòmoda situació. Caminarem molt tot el matí...

-No t'amoïnis per mi. Tinc bones cames, fortes i acostumades a resistir llargues caminades sense repòs.

-Recordes això?, digué l'Ernest reclamant l'atenció i assenyalant un punt determinat amb una ullada.

-És clar que ho recordo, no soc pas beneita. És el *Ponte Vecchio,* que travessa l'*Arno,* hi passarem ahir.

-Molt bé!, primera lliçó apresa.

-*Clik.* Féu una foto de record del *Ponte* amb la seva imatge i, amb dissimulació, li digué: somriu dona! que estàs més bonica amb un somriure i amb aquest mocador que portes que et realça el color dels teus ulls...

La Caterina per fi somrigué i se'l mirà de reüll. L'amargor del dia abans és diluïa... No tenia sentit seguir amb l'enuig, estimava massa aquell tros d'home excessivament cavallerós amb ella... i cap a la tarda passat gairebé el dia recorrent la ciutat, de sobte a cau d'orella li digué:

-Vine, farem una petita aturada a la *Basílica di Santo Spirito,* per a donar-li gràcies pels dons que rebem tu i jo.

El semblant de la Caterina canvià de sobte. La vivor dels ulls tornà al seu origen i se'n oblidà per complet de l'enuig que havia arrossegat tot el dia.

A l'entrar a la Basílica, ja a la vesprada, el cor li bategà fortament i la torbà un sentiment desconegut d'una felicitat dolça, tendra, immensa.

-El fons de la nau central, digué l'Ernest, és de *creu llatina* que va des del pòrtic principal al absis passant per l'atri i l'altar major, amb tres naus dividides per columnes de pedra i amb arcs ogivals. Dins les capelles laterals, veus, es troben obres magnífiques, Mira el *Retaule Neri* de *Filippino Lippi,* amb la *Verge i el nin*, preciós oi?. La Sagristia és octogonal i la cúpula és obra d'en *Giuliano da Sangallo,* i mira! mira!, assenyalant l'Ernest amb efusió l'altar major, el *Crucifix de fusta!,* obra de *Miquel Angel,* una meravella...

Li faltaven ulls a la Caterina per admirar-ho tot, amb afany de no perdre's res del que veia.

-I això, només és el començament del que has de conèixer en aquest viatge, li digué il·lusionat i segur d'haver desfet el desgrat del dia abans. La Caterina tornava a somriure. Tornava a ser la de sempre.

Seguint el camí, arribaren a la *Piazzale Michelangelo,* on hi ha les dues còpies del famós *David,* i ella davant d'aquell monument, quedà impressionada, bocabadada, sense paraules.

14

Aquells dies foren inoblidables. Van recórrer Florència gaudint de l'art i de l'arquitectura que la bonica ciutat afalaga els ulls del visitant més exigent. L'art *sacre* de la façana neogòtica de la Catedral amb la magnífica cúpula a La *Piazza di Duamo.* El *baró nu* més cèlebre del món, l'autèntic *David* de *Michelangelo* entre d'altres a la *Galeria de l'Acadèmia.* El *Palazzo Vechio,* tot accedint a la impressionant *Torre d'Arnolfo* amb els més de quatre-cents esglaons, que s'hi atreviren a pujar bufant tots dos i rient com criatures. Visitant museus com l'*Uffici* o el *Bargello.* Menjant afamats en diversos restaurants típics els millors àpats de la cuina italiana...

La Caterina era feliç pel món desconegut que descobria per primera vegada, després de gairebé un any que l'Ernest li havia fet conèixer a través de llibres, visites a exposicions i museus a Barcelona, i un munt de lliçons orals de la seva experiència personal, i dels objectes d'art, mobles d'estil, pintures, escultures, gerros de terrissa, de vidre o de metall que omplien la gran botiga d'antiquaris d' ell, tot de gran valor, perquè havia estat sempre escollit per ell mateix.

Estimava cadascuna d'aquelles peces no sols pel seu valor material, sinó per l'esforç personal que hi havia invertit per a aconseguir-les, i li ho explicava així, precisant-ho detalladament i amb il·lusió, amb tot el sentiment del seu cor, amb la passió que sentia per cadascuna d' elles.

-De vegades, li digué a cau d'orella, se'm trenca el cor quan venc quelcom peça, que a la fi per això hi són a la botiga, però és que em sento com si em prenguessin de soca-rel un tros o bocí de mi mateix. Encara no sé com he guanyat tants de diners essent com soc un sentimental i a la vegada un nefast comerciant, sort en tinc d'en Sergi, el meu Secretari, que porta la botiga com si fos d' ell i que és un brillant i excel·lent comerciant.

La Caterina se l'escoltava embadalida i tot, tot, ho assimilava amb afany, amb ànsia i anhel, no només per encisar, captivar amb la seva gràcia l'amor impossible de la seva vida, sinó també, per ella mateixa, que s'hi veia enriquida de saber, de descobrir un món que fins a conèixer l'Ernest, l'hi havia estat vetat.

Havia acceptat per fi, les condicions que l'hi imposà ell, ho acceptà malgrat anul·lar per complet els sentiments, aquells sentiments que afloraven només mirant-lo, restant al seu costat, sentint el desig que despertava un fregament innocent inevitable, o qualsevol mirada o paraula que sortís de la seva boca d'or, oratòria eloqüent, que l'embadocava sempre.

L'estimava i l'estimaria en tot temps, com fos i on fos. S'ho havia dit a si mateixa mil cops, i ho acceptava amb resignació, fortitud i conformitat.

Arribaren a l'hotel fatigats per l'extrem abastament del dia, i abordant l'amplia escalinata, pujaren esglaó rere esglaó, lentament, lliscant les mans pel baranatge, sense deixar de mirar-se. Després, emprengueren el camí pel llarg passadís cobert per una catifa vermella que esmorteïa el so de les seves passes, fins a arribar a la porta de la cambra de la Caterina. Allí, desaparegué l'encant del moment. S'acomiadaren amb un somriure i unes subtils, sòbries i frugals paraules de bona nit.

<h1 style="text-align:center">15</h1>

Des de Florència, tornaren cap a Barcelona. La Caterina a les classes del professor Octavi i a les visites a museus i exposicions, on descobria cada dia i aprenia amb més ànsia, la bellesa de l'art; i l'Ernest, als tractaments mèdics per cura de la seva malaltia, als *corticosteroides* i, de tant en tant, uns dies a quelcom Balneari que l'obligaven a abandonar la ciutat.

Un dia, sortint de classe del senyor Octavi, per esvair-se el cap d'aquell munt de verbs que s'estava aprenent de memòria i que li eren feixucs, carregosos d'aprendre, enfilà carrer Ferran avall cap a la Rambla, badant per les botigues els aparadors que més li cridaven l'atenció. Disposava d'un compte corrent, discret, al seu nom a l'empara d'una targeta Visa que mai l'havia utilitzat per prudència o sensatesa, i per uns moments, dubtà per primer cop, si es firava una *rebeca* blau cel molt bonica que darrera els vidres de l'aparador semblava que li deia: *és per a tu agafa'm.*

Seguí caminant carrer avall, una, dues, tres passes, i de cop i volta, se'n tornà enrere cap a l'aparador a mirar-se-la de nou. És tant bonica!, es digué a si mateixa. No s'ho tornà a pensar, la temptació pogué més i entrà a la botiga.

Era la primera vegada que estrenava la targeta. Aquella targeta que li cremava als dits com si estigués cometent un robatori, i al cap i a la fi era d' ella. Es decidí a fer-se-la seva, la *rebeca,* amb la convicció de que havia de ser per a ella. Era un capritx, doncs no la necessitava pas, però estava segura que a l'Ernest li agradaria molt. Volia ser i estar bonica per a ell, i no s'havia comprat mai res, sola, des que vivia a Barcelona.

Molt al principi, l'Ernest l'havia portada a una casa de modes on la vestiren amb sòbria elegància. Un assortiment de vestits escollits per ell mateix. Però ara, era ella qui triava i escollia. Ella sola, i n'estava segura de no errar-ne el tret. Havia aprés a apreciar el bon gust en les coses, a saber decidir per si mateixa i, aquella peça, una simple *rebeca* de color blau cel que no pertanyia a una casa de modes important on lluïen luxosos vestits com algun dels que ja penjaven del seu armari, podia ressaltar tant o més que qualsevol d'ells. Si, s'havia decidit amb resolució, convençuda, i a més a més, satisfeta d'haver-ho fet. Mostrà la targeta amb decisió, féu la transacció, i fermà sota el braç amb precisió, el paquetet que amb molta cura li feren. Al sortir de la botiga es sentia gran, segura de si mateixa, com si hagués crescut, perquè era ella qui havia decidit. No l'Ernest.

Sense saber-ho, la personalitat s'estava mostrant amb un domini absolut d' ella mateixa. Es desenvolupava al món, creixent a la vida una nova Caterina, que, sense adonar-se'n, l'ombrar persistent de l'Ernest, el seu domini, començava a restar enrere.

AMÈLIA

16

L'Ernest es trobava entre el Montseny i la Costa Brava a un pas de Girona, a l'Hotel Balneari Vichy Catalan, encant del Modernisme, situat exactament, a Caldes de Malavella.

Una estada de quinze dies, un cop més, recomanada pels metges per a fer-ne cura de la maleïdora malaltia.

Embolcallat amb un barnús blanc marcat amb el nom del balneari acabava de sortir de la piscina climatitzada, amb la tranquil·litat i el benestar gratificant que li proporcionava el primer bany del dia.

S'hi jagué mandrós en una gandula a prendre el sol, el també primer bany de sol del dia, prescrit pel quadre mèdic del

Balneari. Portava dos dies allí i n'havia d'estar tretze més, segons el tractament a seguir, i això volia dir que desconnectava totalment de la vida a ciutat, en pro de la cura precisa de salut, aquelles nafres que li prenien part de la seva existència.

Sentí la calor del sol a través del barnús i se'l tragué per a que els raigs de sol li acaronessin la pell nodrint-la d'esperança. L'esperança que no perdia mai, lluitant sempre contra aquell maleït mal. Després, passada mitja hora se'l tornà a posar i anar cap a la cafeteria de la terrassa, prop de la piscina, on l'esperava un petit àpat pel desdejuni.

Un lleuger desdejuni, suficient tonificant per l'organisme, en to de pausa de breu durada. Després, tornà cap a la gandula a nodrir-s'hi de nou sota l'escalfor de la capa del sol, que lluïa aquell matí profitós i clar sense núvols, i que augurava un dia radiant.

Es posà les ulleres de veure-hi de prop, per llegir el noticiari d'actualitat. Les novetats del dia que ocorregueren pel món: La crisi del petroli; l'abandonament del camp majorment del jovent per anar a viure a ciutat; el creixent rol de la dona en la societat i en el món laboral, i altres fets de transcendència mundial com ara que el Japó s'atansava el segon lloc en la llista d'economies mundials en detriment d'Europa, etc., etc., etc.

De sobte, tancà els ulls i pensà en la Caterina. Què deu fer ara?, es preguntà. Es hora d'esmorzar, es digué mirant el rellotge, i després a córrer cap a classe amb l'Octavi. Què en farem d'aquesta fadrina?, seguia rumiant, sotmetent-se una vegada i una altra a la consideració de la ment. Ho aconseguiré?. És massa desproporcionat aquest desig meu de descobrir aquest diamant en brut que estic segur que té dins seu?.

Aquests pensaments el distragueren tant, que de sobte, s'hi adonà de que era l'hora d'anar als tractaments que tenia prescrits.

Es llevar de la gandula, deixar el periòdic informatiu allà sobre i es dirigí ràpidament, cap a la sala dels serveis termals.

S'havia d'esperar uns cinc o deu minuts, digué l'assistent a la sala de *fang*.

-Hi ha hagut un petit problema que ho estant solucionant. Ho sento senyor Barnils de seguida l'atendrem.

L'Ernest un xic contrariat se'n anar a seure i pacient esperà el torn del seu servei de *fang* que, prescrit, se li aplicava.

De sobte sentí una veu femenina prop seu que li deia:

-Sembla ser que hi hagut un problema en el forn. Inaudit, increïble en un lloc com aquest, amb el prestigi que té i amb les instal·lacions renovades de les que tan s'envaneixen.

L'aplicació lumínica subtil que hi havia a la sala d'espera annexa al fang i la música suau de fons, incrementava la sensació de confort i benestar dels clients, fent menys dura l'espera. Per això l'Ernest no havia advertit la presència de ningú i el sorprengué el comentari.

-Si, si és clar, ho he suposat, contestà ell prest. Ens ho prendrem amb paciència.

Una dona embolcallada dins d'un barnús blanc, exacte al de l'Ernest, i que tanmateix portaven tots els clients assistents, se'l mirava sota la caputxa. Eren dos ulls blaus, potents, que brillaven i que imposaven respecte al interlocutor sota la tènue llum de la sala.

La serena personalitat de l'Ernest no acostumava a colpir-l'hi l'ànim amb res, però l'inesperat comentari i aquella intensa mirada el sorprengué tant, que per uns segons és desconcertà i emmudí.

Sortosament, els cridaren als dos aviat i, cadascun d'ells, s'hi introduïren en el box pertinent per a ser atesos.

Passà la tarda passejant per la població fent temps pel sopar entretenint-se mirant comerços i badant. Es dirigí lentament cap a la *Rambla Recolons*, concebuda com a lloc de repòs i gaudi, per la bellesa del seu entorn; edificacions d'estil modernista i noucentista on s'observaven formes arrodonides i treballs benedictins de forja i ceràmica meravellosos.

A la vista d'aquell espectacle per un observador com l'Ernest, apreciador de l'art que el coneix i valora en tot el seu contingut, es sentia satisfet només admirant cadascun dels edificis. Féu temps badant, sense adonar-se de que era tard i havia de tornar cap el Balneari, doncs gairebé era ja, l'hora de sopar.

Segué a la taula assignada i esperà a que el cambrer de torn li servís l'àpat. Begué un glop d'aigua, i tot bevent, per atzar, sense pensar-hi, fixà la vista a través de la porta vidriada del menjador. De sobte, el sorprengué l'aparició d'una bellesa impactant. Era una dona d'uns quaranta o quaranta-cinc anys més o menys, elegantíssima. Portava un vestit de seda negre cenyit al cos i les mànigues llargues cobrien els seus braços. Destacava per excel·lència la morenor de la faç i la intensa blavor dels seus ulls. Era formosa, d'una gran bellesa.

L'Ernest, acostumat a valorar la bellor, la perfecció dins de l'art, aquella figura impactant i més aquells ulls sublims, el torbaren, li alterà la quietud, la serenitat a la que ell n'estava sòlit. Sòlit a dominar sempre la situació, qualsevol que fos i on fos. Per uns moments, recordà on els havia vist. -Sí, pensà. Ha estat a la sala d'espera del servei de *fang,* d'aquest matí.

Sentí una impressió molt intensa. Un xoc que el descol·locà sense poder apartar la mirada d'aquella dona tan interessant, dut per l'encís de la seva bellesa.

Ella s'apropava a poc a poc amb el cambrer al seu costat i, precisament, cap a la seva taula, i aqueix amb la més refinada educació,   li demanà si era possible compartir taula amb la senyora, només per aquest àpat, digué; demà, ja li assignarien la pròpia taula, avui restaven totes ocupades, i com vostè està sol..., no li serà pas cap molèstia, oi?.

-No, no és clar. Cap problema, digué torbat i dempeus mentre ella seia amb un somriure.

La torbació persistia i dissimulant-la, l'Ernest agafà la carta del menú que el cambrer, molt amablement, li oferia.

Sense mirar, sentí la veu resoluda de la desconeguda que ara compartia taula amb ell, dirigint-se al cambrer.

-Per a mi la sopa *julianna* i el rap a la planxa.

-Jo, la truita d'espinacs i el rap, també, prosseguí ell.

-Disculpi la invasió, digué ella, em dic Roca, Amèlia Roca, oferint-li la mà com a presentació.

-Ernest Barnils, respongué ell, ràpidament, encaixant-li la mà cavallerosament.

-He arribat aquest matí i, després del servei de fang, relaxada, estava tan cansada del viatge que m'hi he quedat adormida com una soca a la cambra, i ni tan sols he dinat. Ara estic ben afamada.

-Doncs les racions no són pas gaire abundoses, comentà l'Ernest; i baixant el to de veu afegí apropant-se, no deuen voler que ens engreixem.

El somriure de l'Amèlia fou agradós. Unes dents blanques i perfectament configurades ressaltaven en un rostre gairebé perfecte de dona de món, i amb discreció, l'Ernest, no podia apartar la vista d'aquells ulls blaus que ja al matí, tan l'havien impressionat.

L'endemà es llevà cansat, no havia dormit bé. Sense saber per què havia estat inquiet, neguitós, molest.

Baixà al menjador per desdejunar-se. Mirà l'entorn i la *dama* no hi era. Prengué només un suc de taronja i una torrada amb mantega i el cafè, tot esperant revifar-se amb la cafeïna. Ràpidament, marxà cap a la piscina a rebre la ració de sol i banys termals corresponents.

Més tard, a l'hora assignada, es dirigí cap a la sala de fang, per a sotmetre's al servei convenient prescrit. Sabia que no es guariria mai de la malaltia, que amb molta sort, passaria només una temporada una mica més alliberat de les nafres, però que, més d'hora o més tard, tornarien a ressorgir. Eren la seva creu.

La vida no havia estat mai difícil per a ell. Fill únic d'uns pares benèvols, que l'havien estimat molt, i que s'havien escarrassat sempre per a donar-li un futur amb una bona educació i una carrera universitària i, finalment, deixant-li per herència un negoci fructífer, que li havia permès sempre, viure folgadament. Mai s'havia hagut de preocupar per a res, viatjant pel món i gaudint de la bellesa de l'art, sense pensar-hi mai en formar una família. De caràcter independent, valorava molt la seva llibertat d'opinions, d'actituds i de fets, fins que aparegué la malaltia. Aquella maleïdora i estranya *Psoriosis,* sense remei absolut, que li restava llibertat per a viure, sempre sotmès a tractaments.

No és volia queixar però, perquè la felicitat absoluta no existeix, ho sabia, i ell n'havia gaudit de molts de moments feliços al llarg de la seva vida. Tenia l'art per viure, i ara tanmateix un repte, un repte amb la Caterina.

De sobte la recordà. Avui la trucaré, es digué a si mateix. Es tragué el barnús i es llançà a l'aigua de cap.

Al sortir de l'aigua per anar a seure al sol, la veié, ajaguda en una gandula coberta amb el barnús i unes ulleres de sol enormes però que, per molt que s'amagués embolcallada amb el barnús i amb unes grans i boniques ulleres, inconfusiblement, era ella.

Restà al sol una bona estona ronsejant fins l'hora del tractament de *fang.* Es llevà de la gandula i agafà tot dret el camí cap a la sala on l'esperava el guariment de la teràpia.

Sense saber per què, enfilà el camí oposat i més llarg per no haver de passar per on romania la *bella dama.* Amb un breu somriure, l'Ernest en silenci es renyar a si mateix i, tot seguit, negà amb el cap com qui pensa en una ximpleria. Què n'ets de beneit!, a què venen aquestes rucades!...

Arribà a la sala de teràpia i d'una volada entrà al box, es tragué el barnús i es tombà a la llitera tot esperant el servei.

Aquest cop no coincidiren, però en la ment de l'Ernest persistia la visió d'aquells ulls blaus que seguien pertorbant-lo i, això, l'amoïnava.

Es dirigí cap a la cambra a vestir-se per anar a dinar al menjador. Agafà el telèfon i marcà la xifra que corresponia a la línia de la fonda on s'hostatjava la Caterina, a ciutat.

Ring, ring, ring... La Fonda, digui, contestà la veu.

Bona tarda, voldria parlar amb la Caterina Solà.

En pocs instants, sentí la veu d' ella.

-Digui?.

-Caterina soc jo, l'Ernest, com estàs?.

-Oh! Ernest, quina sorpresa!, jo bé, ara vinc de classe, avui el senyor Octavi ha estat molt sever. Com si fos una nena petita m'ha renyat perquè he fallat en els verbs. En alguns, eh?, no cregui's. I és que aquesta setmana he estudiat poc. I tu com estàs?. Com van els tractaments?.

-Els tractaments molt bé, però què vol dir això de que has estudiat poc?.

-Dons mira perquè he anat cada tarda al MNAC. Vaig descobrir unes pintures molt interessants, i estic fent pel meu compte un estudi d'una col·lecció preciosa. Un treball per mostrar-te'l quan tornis. Vull que vegis els meus progressos en l'art. i, sincerament, com els verbs són tant avorrits!...

L'Ernest somrigué i se la imaginà. Recordà a l'instant la gràcia innata de la Caterina, un dels dons que la natura l'havia dotat, un de molts. No era cap bellesa però si agraciada i, molt especialment, intel·ligent, tant, motiu pel qual s'havia proposat aquell repte tant arriscat, en el qual i tenia posades totes les esperances. Només hi havia un petit problema que el capficava. L'enamorament d' ella tan notable vers ell, i que no podia pas obviar.

-Quan tornes?, preguntà ella amb cobejança i interès poc dissimulat.

-No ho sé pas, quan ho digui'n els metges, contestà prest. En principi eren quinze dies però depèn d'ells. M'agrada això del treball que dius i tinc frisança per veure'l, però no deixi's d'estudiar, verbs o el que sigui que et demani l'Octavi.

Mirà el rellotge i l'hora li suggerí una excusa per a tallar la conversa. Ui!, digué, que tard és. Et deixo, vaig cap el menjador a dinar, fins un altre. Adéu!.

-Adéu...

La Caterina és colpí, afectada per la fredor del comiat. Aquella il·lusió que sentí per la trucada, per moments s'hi esvaïa...

17

L'Amèlia, resplendia, vestida amb uns pantalons de color beix i una brusa negra de llunes a conjunt, amb mànigues llargues, evidentment, realçant-l'hi amb elegància un collaret llarg *vintage* de marfil. Entrà per la porta vidriera al menjador, i és col·locà a la taula que li havia estat assignada. També just al finestral com la de l'Ernest però a una distància de ben bé, quatre taules, l'un amb l'altre.

Fou el focus d'atenció de les mirades dels residents, i tanmateix de l'Ernest. Mantenint el control de les emocions se la mirà, i féu una breu salutació amb el cap. Esplèndida, com sempre, pensà.

Just en aquell moment, entraven els cambrers per a servir als comensals. El menjador estava ple a vessar. De mica en mica havien anat arribant nous clients al balneari des que l'Ernest hi era. En plena temporada i molta afició a prendre aigües termals i altres tractaments que s'hi oferien, s'havia imposat la moda en cercles de l'alta societat, preferentment per a persones d'una edat avançada.

No era pas el cas de l'Ernest ni per descomptat de la Amèlia, ni tanmateix d'algun altre resident jove com ells, persones entre quaranta o cinquanta anys. Eren l'excepció, perquè la immensa majoria dels assistents, sovint s'acostava a la setantena o vuitantena per a ser més precisos.

S'hi apropà un cambrer a la taula de l'Ernest oferint-l'hi la carta del menú, i col·locà sobre les tovalles blanques una ampolla d'aigua de la casa, de la qual l'hi serví una copa on suraven les característiques bombolles.

Demanà el menú i begué un glop. Com aquell que res, aprofità per dirigir una llambregada cap a la taula de l'Amèlia i, casualment, es creuaren les mirades. Fou un esguard intens que trencà el gel en segons i, tot seguit, ambdós expressaren ensems, un somriure.

En acabat, l'Ernest, home de món, sociable de mena i de caràcter temperat, amb seguretat i aplom passà expressament prop de l'Amèlia i la invità a un cafè al gran saló, on es reunien els clients habitualment, per a fer petar la xerrada després de cada àpat.

Ella acceptà la invitació, i ambdós és dirigiren cap aquell entorn d'alts vols, que ja començava a estar mig ple.

-Aquesta tarda hi ha una conferència a l'Auditori, digué ell, mentre conversaven sense transcendència.

-Si, ja ho he vist anunciat, però amb les panoràmiques que hi ha a la Ruta Termal, sincerament, prefereixo passejar i gaudir de la natura, contestà ella.

-A mi també m'agrada caminar, li proposo una passejada per la Ruta, encara que són gairebé quinze kilòmetres.

L'Amèlia esclatà a riure. -No pas amb aquestes sabates. Accepto el repte però deixi'm que em canviï el calçat.

-D'acord, contestà l'Ernest, jo faré el mateix.

Feren el darrer glop del cafè, i pujaren tot seguit l'escala, dirigint-se cadascú d'ells, a la seva cambra.

-En deu minuts al vestíbul, concordaren a l'uníson i amb una rialla de complicitat.

La Ruta Termal té un recorregut de gairebé quinze kilòmetres. Transcorre pel centre urbà de Caldes de Malavella, on es pot descobrir com l'aigua Termal s'hi ha configurat com a símbol d'identitat del municipi, visitant Balnearis, les Termes Romanes o àdhuc, degustant l'aigua que brolla de les fonts a una temperatura adjacent als 60ºC.

S'hi poden fer senderons recorrent camps de conreu, boscos de roure de fulles sinuades o, simplement,   gaudint de la planura selvatana.

Decidiren caminar pel centre urbà. Amb calçat adient, còmode, i una jaqueta per sobre les espatlles, per si més tard refrescava, tots dos reien com dos adolescents. No hi havia cap mena de tensió entre ells, com si es coneguessin des de sempre.

-Des de quan pateixes la *Psoriasis*?, preguntà l'Ernest directament amb un tuteig atzarós.

-Farà dotze anys el mes que bé. Però tinc brots, no sempre es manifesta. I tu?, digué ella prosseguint amb el tuteig com si res.

-Ben bé, vint anys, i també amb brots. He recorregut diferents Balnearis però el que millor em va és l'estada a la platja. He descobert un racó a Llafranc, que m'hi passo llargues temporades des de fa dos anys.

-Doncs ja em diràs, t'agafo la paraula per a que em descobreixi's aquest racó meravellós.

De sobte, com una maçada, l'Ernest pensà en la Caterina, i li canvià l'expressió de la cara, aquell control de les emocions que tan bé sabia dominar, per un moment es corroí. Fent un silenci per resposta mirà cap a l'altre banda. L'alegria que gaudia aquella tarda, l'arrossegà cap a la malenconia sentint com un càrrec de consciència, com romandre en falta, confés, convicte, i, després, emmudí.

18

L'Amèlia, restava pensativa asseguda sobre el llit. Després d'aquell petit incident, havien passat la resta de la tarda bé, no tan bé com esperava però prou acceptable, no obstant però, aquell llarg silenci de l'Ernest a una simple proposta, innocent, incauta, aquell emmudiment per uns instants, havia causat recel en ella, i percebut una mena de roïnesa que la turmentava.

Hi havia quelcom secret inconfessable en ell?, és preguntava. Ja n'estava farta de ser permissiva, tolerant amb els altres, aquella etapa de la seva vida havia quedat enrere, oblidada, i no pensava pas tornar-hi per a ningú més, fos qui fos.

Es sentia esgotada, podia ser per la llarga i fatigosa caminada, però, es convencí a si mateixa, que no n'era la causa, que aquell mutis tan expressiu de l'Ernest, delatava unes altres intencions i, ella, no estava pas disposada a carregar amb una altre fal·làcia en la seva vida.

No baixaria a sopar. No se'l volia trobar. Despenjà l'auricular del telèfon i demanà el servei d'habitacions. Encarregà que li ho portessin a la cambra. Omplí la banyera d'aigua calenta, espargí unes sals aromàtiques i es ficà a dins, amb la intenció de relaxar-se i d'oblidar-se d'aquella petita eventualitat que, mal que bé, la capficava.

Un cop dins de la banyera, tancà els ulls i rememorà el temps evocant la memòria al passat. Un passat dolorós que l'havia fet patir molt i que dia a dia lluitava per oblidar.

"On vas?, la veu dictatorial del pare no la sorprengué pas però sí l'hi feu sentir dolor en el seu cor, un cop més.

Un home dur, dominant, militar de carrera i frustrat perquè el grau al qual aspirava no arribava mai, adobat a la duresa de cor a causa del seu fracàs professional, sotmetia a la pròpia família, esposa i filla, a la seva voluntat.

En aquella casa es feia el que ell manava i ningú, ningú, tenia el valor de contrariar-lo en cap moment.

-Vaig a casa la Laura. Hem quedat per sortir una estona a passejar...

-A les nou a casa!, ordenà a la "nena". La nena que ja tenia divuit anys. Demà no et comprometi's amb ningú. Tindrem una visita important a berenar.

La mare, una bonassa esposa, de bon natural, que no gosava respirar quan l'espòs era a casa, se la mirà consirosa i amb una ullada li pregà que no es revoltés com altres vegades ho havia fet i, en veu baixa li digué a cau d'orella. -Et vol presentar un pretendent.

-No en vull pas cap de nuvi encara!

El casori s'esdevingué prou de pressa. Massa de pressa per l'Amèlia. Es tractava d'un músic, amic de la família, perdut també en la frustració, per no haver mai aconseguit l'èxit desitjat com a saxofonista, i que formava part d'una orquestra d'un cert nivell, ubicada a Madrid en una sala de festes que temporalment feien gires. Amb quaranta-dos anys ja, restava encara solter, perquè la professió l'obligava a viatjar constantment per aquests mons de Déu i que es guanyava la vida més o menys bé, encara que sense problemes econòmics, perquè pertanyia a una casa benestant amb fortuna pròpia.

Sense adonar-se'n, és trobà casada i sotmesa amb només dinou anys, recentment fets, sense a penes conèixer-lo ni molt menys, estimar-lo. Un home que li doblava l'edat i més, i el pitjor de tot, lluny de casa, de la mare, l'únic vincle familiar amb qui al menys, es podia comunicar expressant-l'hi un xic assossegadament i amb placidesa, els seus sentiments.

"Ja l'estimaràs amb el temps, l'hi havia dit la mare el dia del casori. Això són romanços!, és de casa bona, i té un futur assegurat. No et faltarà de res!. Es veu que la família te una casa a Madrid com un palau. Què més vols, ximpleta?"

Davant del Sagrari, el món li queia a sobre, les espatlles li pesaven i no podia respirar. Com podia combatre-ho?, mirà la imatge del Santcrist que presidia l'Altar i és digué a sí mateixa: Deu meu! Ajuda'm a portar aquest pes tant feixuc, aquesta creu que m'esfondra a fons a fons..., i no tinc forces per contendir.

Era l'any 1950.

19

Dos cops suaus a la porta indicaven que el cambrer demanava entrar a la cambra. Deixar de pensar en el passat, sortí de la banyera, és posà un barnús i tot seguit, obrí la porta. Un carret elegantment assortit, amb plats i coberts adients, rodava per la senyorial catifa, oferint-l'hi un lleuger però exquisit sopar.

L'Ernest no deixava de mirar cap a la taula deserta de l'Amèlia i, quan ja anava pel segon plat, en va ser conscient de que no baixaria a sopar.

Reconeixia el seu error, no s'havia comportat com era norma en ell, i va haver d'admetre la seva errada. L'Amèlia no era la Caterina, una pobra noia de poble sense experiències viscudes, i a més a més acostumada a reverir i a manifestar respecte i submissió. A acceptar un *moc,* contrarietat o decepció si calia, amb docilitat. L'Amèlia era una dona de cap a peus, de món, inassequible, inabastable per a qualsevol home, amb la que no s'hi podia jugar. La personalitat fluïa per tota ella, en la forma de parlar, de vestir i de comportar-se.

Estava obligat a demanar-li disculpes. Era un cavaller i ho havia de fer, sinó la perdria quant tot just l'acabava de trobar.

En acabat de sopar, es dirigí cap a Recepció i demanà si hi havia quelcom floristeria a prop del Balneari.

-Dues portes més avall, li contestaren. Però no crec que en aquestes hores encara sigui oberta. Al matí obren a les deu, crec.

No li servia, pensà, he de trobar una altre solució. Anà cap a l'escala i tot pujant un a un els esglaons, és retirà cap a la cambra pensarós.

S'hi acomodà a la butaca, tancà els ulls i rumià detingudament una i altre vegada, fins que trobà la manera de disculpar-se. Es dirigí cap a l'escriptori, agafà un full de paper en blanc i començà a fer provatures. Distintes formes de disculpes fins que trobà la més adient al cas.

La repetí en un full nou i, satisfet, el ficà en un sobre. Amb sigil, sortí per la porta i s'hi encaminà silenciós cap a la cambra de la Amèlia. Com si fos un delinqüent, mirà a tort i a dret per assegurar-se de que no hi havia ningú més i amb reserva callada, féu passar per sota la porta, el sobre en qüestió.

L'endemà baixà d'hora cap a la piscina i es donà un bon bany, nedant dins l'aigua reparadora una bona estona, pendent, no obstant, de si la veia, però tampoc hi aparegué. A l'hora dels tractaments es dirigí cap a la sala de *fang,* i tampoc hi era ni es presentà. Començà a inquietar-se i, com era habitual en ell, s'obligà a contenir les emocions amb serenor i paciència.

Arribà l'hora del dinar. Es vestí curosament, informal però alhora amb discreció. Uns pantalons de color gris, una camisa a quadrets a conjunt i una americana de pana fina. El completà un mocador al coll que substituïa la clàssica corbata d'ús convencional. Es mirà al mirall i el satisféu el que reflectia. Estava presentable i dispost a desfer el tort comés.

Baixà al menjador i mentre esperava a que el servissin, no deixava de mirar, inquiet, cap a la porta vidriera. Fou inútil, l'Amèlia no aparegué en tota l'estona. Ara ja es neguitejà de debò. Deduint el pitjor i havent acabat l'àpat, amb la més aparent naturalitat, es dirigí cap a Recepció.

-Disculpi, la senyora Amèlia Roca ja no s'hi hostatja al Balneari?. Es que avui no hi era ni als tractaments ni al menjador.

El recepcionista donà una ràpida ullada al llibre d'ingressos i digué.

-Serà absent uns dies, però tornarà. Ha marxat aquest matí amb urgència, senyor Barnils.

De cop i volta sentí com una mena de vertigen, un mareig. Com si li hagués caigut a sobre una galleda d'aigua freda. Rememorà la nota, paraula per paraula, i es convencé de que l'escrit de disculpa no podia ser causa d'enuig. Era correcte, impecable. No cabia doncs altre cosa que esperar el seu retorn, si ho volia esbrinar.

Resseguí el camí de tornada cap a la cambra amb preocupació. Era la primera dona en la seva vida, que li alterava profundament l'ànim i el trastornava. Era un home de món, sòlid, consuet. Havia conegut i tractat a dones de diverses nacionalitats versades en l'art mundial, amb grans coneixements en ciència i amb una personalitat civil inigualables, però alhora tant bella i perfecta com l'Amèlia, cap.

Sense voler-ho, és digué a si mateix, he anat a raure en un indret empès per la ventura i ara a la cinquantena em trobo perdut com un adolescent.

Vestit com anava, s'hi jagué sobre el llit i tancà els ulls una estona per a pensar, els obrí de sobte i, amb decisió, prengué l'auricular del telèfon marcant el número de la pensió de la Caterina. En aquesta hora estarà estudiant, pensà. Era l'única persona en el món que en aquests moments de inquietud, podia donar-li assossec, calma i tranquil·litat.

20

La Caterina no hi era. La mestressa de la fonda li digué, -avui no ha vingut a dinar.

L'Ernest, contrariat, penjà el telèfon.

Com un nen petit, murri, s'enfurismà. No entrava en els seus càlculs que la Caterina es prengués llibertats i canviés conjectures o raonaments dels quals en depenia els projectes d' ell, vers ella. Vers el seu futur. Un futur brillant que sense ell no hagués ni tant sols pogut imaginar.

De sobte, no va pensà en que l'hi havia pogut passar quelcom desgràcia, no. Només que en aquella hora havia d'estar dinant o simplement restar a la fonda, hauria de ser-hi encara que només fos per apaivagar la seva inquietud que de mica en mica s'anava manifestant amb ira. Estava incomplint un compromís establert entre ambdós, el d'estudiar i preparar-se per a un avenir millor, i, com si fos poc, al no ser-hi, no podia atendre'l a **ell**, quan més necessitava escoltar la seva plàcida veu, la seva senzillesa, el consol de la seva comprensió...

Estava tan mal acostumat al seu abnegat altruisme, a la voluntat de sacrifici innat en ella, que no podia imaginar que pot ser, pot ser, la seva personalitat s'estava desenvolupant abans del que la seva ment havia imaginat, i que envoltada d'un ambient nou, rodejada de ciència, de sapiència i coneixements, s'estava despertant amb més rapidesa.

Reaccionà i en un rampell es llevà del llit. S'hi allisà el vestit, polit com era, i mirant-se a l'espill del lavabo es pentinà els cabells, es posà un toc de colònia i amb enuig, vexat, fastiguejat, obrí la porta i sortí pel passadís fins a l'escala.

Lentament, baixà esglaó rere esglaó, pensant què faria. Deixà la clau a Recepció i sortí a fora al carrer. Rebé a la cara una lleugera brisa que la fluxió entre la muntanya i la vall provocava, i ho agraí. L'efecte li produí benestar. Es dirigí cap al centre urbà ja més tranquil, assossegat.

Això, pensà, faria una bona passejada per a tranquil·litzar-se. Li convenia distreure's.

A poc a poc, arribà a la plaça de sant Esteve envoltada d'edificis emblemàtics modernistes, com la Casa Quintana de construcció senyorial, bellíssima i, més enllà, l'església Parroquial de sant Esteve que dóna nom a la plaça.

La façana d'estil renaixentista cridà l'atenció de l'Ernest expert en l'art, i es dirigí cap allí per entrar-hi. En ambdues parts inferiors de la porta hi veié dos dels símbols característics de Caldes, que poc a poc anava recordant dels temps passats d'estudiant. Il·lusionat com un infant, resseguí amb atenció cada detall. En un costat unes calderes grans i, en l'altre, un sarcòfag amb la descripció següent:

"En l'any del Senyor del 1267 el dia sis dels idus de gener, finà Victor Murillo ben confés en Déu. En aquest sepulcre hi jau en Berenguer Lambardi, home de venturosa memòria. Que la seva ànima gaudeixi de la glòria del paradís acompanyat dels sants, amén. T'ho demano per Déu: prega per mi en aquest dia: Pare nostre".

Si, si, ara ho recordava bé!. Entrà i admirà l'interior de l'església. Segle XI d'estil llombard amb absis romànic de grans dimensions i la planta basilical. Reformada en varies ocasions, el que veié majoritàriament, era del segle XVII.

Segué en un dels bancs a reposar gaudint de l'entorn, despreocupat. De sobte, se'n adonà de que la disposició afectiva de l'esperit, havia canviat. Ja no hi havia desassossec, ans al contrari, podia pensar tranquil, plàcid, amb calma. Mirà cap el fons de l'altar gairebé en penombra i fixà la vista en el lampadari que il·luminava el sagrari, invitant-lo a reflexionar.

Després d'uns minuts en silenci, ara, sabia què havia de fer, esperaria el retorn de l'Amèlia i es disculparia del seu comportament esdevingut poc cavallerós, tot desitjant la seva comprensió; i, respecte a la Caterina, resolgué per fi que no hi tenia cap dret a enutjar-se, que possiblement ella mateixa li explicaria el motiu de l'absència amb tota noblesa i lleialtat, la lleialtat que sempre, sempre, legítimament, li havia demostrat des de que la coneixia.

Ets un beneit poca-solta i ximplet!, és digué a si mateix amb un somriure, i fent camí de tornada, a poc a poc, lentament, es dirigí cap a l'hotel.

21

Es sentia esgotada, esclafida però ensems, eixorivida, feliç.

La Caterina s'ajagué al llit, caigué com el plom amb una rendició inevitable mirant el sostre, ella tant acostumada a les llargues caminades per la muntanya i a les feines penoses de la llar, ara, una intensa fatiga l'hi invalidava totalment la capacitat funcional. No obstant però, alhora, estava contenta, feliç com feia temps que no es sentia.

Havia estat una d'aquestes tardes que després de fer el recorregut corresponent fins assolir el retaule que cercava sola pel MNAC, el Museu Nacional d'Art de Catalunya, seia en un banc davant d'un *Jaume Huguet* esplendorós: ***El sant sopar***, el qual l'havia inspirat per a fer-ne un treball d'estudi, que impressionés a l'Ernest quan tornés del balneari.

Frisosa, escrivia tot el que aquella meravella l'inspirava: "*Pintura al tremp, sobre fusta, 162 x 170 cm., espanyola del segle XV, basada en les diferències socials, polítiques i artístiques. A l'autor de l'obra, Jaume Huguet, pintor català, no l'importa la conquesta del cos ni de l'espai, sinó únicament, la representació hieràtica de l'escena cristiana. El darrer sopar, amb els deixebles al voltant de la taula, segueix un esquema de composició del segle XIV, del qual és característic l'escalonament d'alçades en la superfície com a substitutiu de la disposició espacial. Només la vista del paviment de rajoles reduïdes d'acord amb la perspectiva, condueix la mirada cap a l'interior del quadre. Crist és l'eix central, davant d'un abundós fons daurat treballat en relleu. Els deixebles, formen grups homogenis, quasi simètrics. Judes, la segona figura de l'esquerra i en primer pla, queda caracteritzat com a traïdor per manca de l'aurèola. El tema no és el moment tens de la traïció, sinó la institució de l'Eucaristia: el calze i l'Hòstia –pa d'àzim- i el gest de benedicció de Crist, formen el contingut de l'escena".*

Donà per acabat el treball i malgrat la concentració que hi aplicava per a posar-hi fi, inevitablement fixà la vista en un grup de joves, que suposà eren estudiants d'art.

Tot i guardant el silenci respectuós obligat en aquests llocs, els somriures bullangosos i alegres del grup no és podien dissimular. Eren tres noies i un noi, quatre esvalotats jovenívols que la Caterina no podia deixar de mirar i envejar una mica engelosida, la seva alegria contagiosa davant la seva solitud.

Una de les noies, al veure-la sola pensà, que possiblement, tanmateix feia un treball com el d' ells. Decidida, es dirigí amablement amb un somriure, i li digué assenyalant la pintura que tenia al davant:

-També fas l'estudi d'una obra?. Em dic Anna, digué allargant-li la mà.

-Jo, Caterina, contestà amb un somriure també i encaixant-li la seva. Si, més o menys. M'agrada l'art i ho faig pel meu compte. No soc pas cap estudiant com suposo ho sou vosaltres.

Efectivament, ho eren, estudiants de 4art. curs de Belles Arts a la UAB, i restaven allí per ordre del seu cap d'estudis que els havia encoratjat a fer-ne un treball de fi de Carrera, sobre el *Prerenaixement.*

-Ei!, companys!, aquí teniu una veritable estudiosa de l'art, veniu!, i assenyalant-los un a un, els presentà: Max, Lola, Ginesta. Us presento a la Caterina. No fa pas un treball obligatori com nosaltres, no, ho fa pel seu compte, perquè li agrada!.

Tots esclataren a riure i immediatament, restaren en silenci, pel ssst!, ssst!, que és sentí des de quelcom racó d'aquell santuari de la consciència de l'art.

Connectaren tot i la diferència de edat, i al sortir, se n'anaren tots caminant cap el carrer de *Petritxol*, a fer un berenar de xurros amb xocolata.

Havia estat un dia d'experiències noves per a ella. No estava consueta a tanta agitació, havia matinat i estudiat amb el senyor Octavi. Sense a penes menjar res per a dinar, només féu un entrepà lleuger per a no perdre temps, és dirigí cap el museu a cercar el retaule i fer-ne el treball. Després s'engrescà amb entusiasme com qualsevol d'ells, d'aquells quatre joves d'una vintena i pocs d'anys, que ella ja havia deixat enrere, però que l'entusiasme, l'acalorament i enardiment li contagiaven com si fos una més del grup. Havien connectat, rigut i gaudit amb goig, d'una tarda grata i inoblidable.

Li ho explicaria a l'Ernest quan la truqués, el faré content, ell que deu està mig avorrit en aquell balneari..., pensà il·lusa.

Apaivagada pel cansament, s'adormí amb un son profund i tranquil.

22

Passats uns dies, aparegué de nou l'Amèlia. Intencionadament, amb orgull i una afectació ufana, féu una entrada triomfant pel menjador. L'Ernest, al veure-la entrar per la porta vidriera, s'ennuegà amb el glop d'aigua que, casualment, en aquell instant bevia. De l'emoció, el cor li bategà fort i encara que amb torbació, de seguida s'aixecà de la cadira per anar a saludar-la.

Estava esplèndida, guapíssima, elegant com sempre, amb un vestit verd de faldilla amb plecs, que li esqueia com un guant i, com d'habitud, amb mànigues llargues. Excel·lia pels seus mèrits dins d'aquell entorn i molt més a ulls de l'Ernest, uns ulls acostumats a valorar la bellesa.

La saludà i l'hi oferí delirós, compartir taula.

Somrient, sense rancúnia, l'Amèlia, acceptà la invitació i el precedí fins el lloc que l'hi indicava.

-T'he trobat en falta, li digué a cau d'orella just quan seia a taula. He comptat cadascun dels dies des que desaparegueres, si us plau no m'ho tornis a fer.

Amb discreció i tanmateix amb un xic d'afalagament, ella tornà a somriure, i féu un gest negatiu amb el cap sense dir res, tot i que fluïa amb ostentació l'amor propi que sentia.

Es presentà el cambrer, tot dient: -Seurà aquí la senyora?, i, sol·lícit, els hi mostrà el menú de la casa.

No i hagué cap retret, ni blasme ni refús. L'àpat es portà a terme amb una naturalitat i placidesa immillorables, perfecte.

-Has estat seguint tots els tractaments?, preguntà ella, quan ja assolien les postres.

-Tots i cadascun d'ells, contestà amb prestesa. Tu te'ls has perdut.

-Vaig haver de marxar de pressa. Una urgència personal.

-Personal?. No m'ho pots explicar?.

-Pot ser un altre dia, digué amb gest no sotmès però no pas lliure d'afalagament.

En acabat, sortiren cap el saló a fer el cafè com de costum. Segueren i esperaren el servei.

-Et ve de gust una passejada pel poble avui?. Crec que tu i jo hem de parlar profusament.

Aquelles darreres paraules despertaren en ella un sentiment de desig vers ell. Se'l mirà profundament i es sentí sotmesa a aquella veu que no podia refusar.

-Si, perquè no, però pujaré a canviar-me el calçat i a prendre una jaqueta per si més tard refresca, m'hi acompanyes?.

Pujaren l'escala a poc a poc. Esglaó rere esglaó. No es miraven per por a que l'encant d'aquell moment s'hi esvaís, torbats com dos adolescents que van a l'encalç de quelcom nou, de la bona sort, de la felicitat, la felicitat desconeguda a punt de descobrir-la per primera vegada. Cap dels batecs del cor d'ambdós n'era capaç de contenir aquella passió.

Entraren per la porta de la cambra de l'Amèlia, directes, amb pressa cap el dormitori. S'abraçaren amb encesa passió i es besaren un i mil cops com si el món s'hagués d'acabar en segons. La temperància que tant dominava sempre l'Ernest en situacions compromeses, ara es feia fonedissa per moments, i ans al contrari, els gaudia amb plenitud.

Feren l'amor intensa i apassionadament, sense torbació per les nafres que en la pell d'aquells dos éssers es mostraven sense pudor, sense reserva, sense aversió, i, que fins aquell moment joiós, molt desitjat, tant l'un com l'altre havien intentat amagar amb una absurda turpitud.

Eren adults, i ambdós amb vides àmpliament acomplertes, pot ser sense haver assolit en cap moment un goig tant ple, una felicitat desbordant com la que sentien ara. Tampoc sabien si seria duradora, si aquests sentiments perdurarien per sempre. Què més hi feia això!, ara, en aquests moments ho havien de gaudir, hi tenien dret, perquè la vida no havia estat pas generosa amb els sentiments, ni per l'un ni per l'altre.

Després de l'esclat final de passió, romangueren en silenci abraçats, exhausts, mancats de forces una bona estona, fins que a la fi, petaren a riure com dues criatures, sense motiu, sense causa, sense fonament. Simplement, perquè eren feliços.

Era l'hora propera pel sopar i es decidiren a llevar-se del llit. L'Ernest es vestí i mirant-se-la amorosament la besà i, en veu baixa, com si hi hagués algú que ho pogués sentir, li demanà en to de pregunta sense esperar resposta: Ens trobem a baix en mitja hora?.

Sigil·losament obrí la porta, mirà amb discreció cap un costat i l'altre, i sortí amb rapidesa directament, cap a la seva cambra.

Sota la dutxa, cantussejant, de sobte pensà en la Caterina. Havia deixat passar massa dies sense trucar-la. Demà ho faré, és digué amb convenciment a si mateix, i agafant l'auricular del telèfon demanà pel *maître* del menjador, i amb molta providència, l'hi encarregà un sopar molt especial.

Es vestí amb cura i amb elegància com d'habitud, i baixà l'escala content tot pensant en la cautela i prudència en com els havia pujat aquells esglaons, poques hores abans.

Arribant al menjador el *maître* s'hi apropà amb diligència i, amb un somriure, a cau d'orella li digué: -tot a punt senyor Barnils, espero haver acomplert els seus desigs, i, l'Ernest, amb dissimulació, l'hi agraí l'atenció, allargant la mà amb una generosa propina.

Pocs minuts més tard, al menjador hi feia entrada l'Amèlia. Radiant, esplèndida, amb un vestit color xampany, tancat l'escot i amb mànigues llargues com sempre. Moltes mirades concurrents es fixaren en la seva presencia. Mirades femenines pot ser amb un xic d'enveja continguda, i llambregades masculines, amb embadalida admiració.

L'Ernest, la sorprengué amb el sopar reservat, i ella, amb frenesí mirava al seu company de taula com una secreta i jovenívola amant. Ambdós, a l'uníson, prengueren la copa d'un *borgonya* excel·lent triat amb preferència i, abans d'apropar-se-la als llavis, mirant-se els ulls, brindaren feliços per un futur gloriós.

23

L'endemà, l'Ernest es llevà content. L'esdevenir del dia abans, li havia canviat la vida. Es posà el barnús i, assegut a la butaca, agafà l'auricular per a fer una trucada. Relaxat, amb la tensió d'aquests dies desapareguda, mirà el rellotge. Eren les vuit passades, gairebé les nou del matí. Ha de ser-hi a la pensió encara, es digué, pensant en la Caterina.

-Que no hi és?, replicà a la veu de l'hostatgera.

-No, va marxar ahir molt d'hora, i no vindrà fins diumenge al vespre, contestà ella.

-I on ha anat? Demanà amb pressura.

-I jo què sé!. I vostè qui és?. Jo no puc donar informació personal dels meus hostes.

Penjà, irascible per la resposta rebuda i, contrariat, immediatament ho féu dirigint-se al senyor Octavi, el mestre.

-No, aquí no hi és. Home és dissabte!. No fem classe en cap de setmana.

-Es que l'he trucada a la pensió i tampoc hi és. No sap pas on anava?.

El senyor Octavi, home honorable, fet a l'antiga, d'índole pacífica, no podia comprendre com li feien aquesta pregunta.

-Senyor Barnils, no em posi en aquest compromís, comprengui, no li puc dir perquè no ho sé, encara que si ho sabés tampoc ho faria per dignitat. Jo em limito a fer-li classe a la Caterina, a instruir-la complint amb el meu compromís pactat amb vostè. En la seva vida personal, no m'hi fico pas i molt menys en la d'una persona adulta com és ella.

Aquestes darreres paraules a l'Ernest li feren sofrí una calrada. Sortosament es trobava sol a la cambra i ningú veié l'acalorament que li produïa la contrarietat de la versió rebuda, i molt menys, que en cap moment hagués pogut imaginar haver-ho de suportar per causa de la Caterina, donat el seu caràcter, la seva candidesa, la seva ingenuïtat.

Però on deu ser?, es preguntà malhumorós. Mai ha fet res sense consultar-m'ho. Es clar que tampoc em podia localitzar per a dir-m'ho, seguia pensant.

Tan acostumat a disposar de tot, a que les coses es fessin segons els seus desigs i criteris calculats, li canvià per complert la placidesa del seu estat, barrinava i barrinava capficat per la desaparició de la Caterina. Tot i haver gaudit tant de la companyia de l'Amèlia aquestes darreres hores, aquell benestar que sentia s'havia esfumat, esvaït per complet.

De sobte, prengué la decisió d'anar a comprovar personalment, què estava passant. Ja havia acomplert els tractaments sobradament. Els havia allargat uns dies més, tot esperant la tornada de l'Amèlia. Ja era hora doncs, de marxar.

D'un rampell, obrí l'armari, tragué la maleta i l'omplí del vestuari que penjava del penja-robes, de les peces interiors de vestir dels calaixos, i de les cubetes on romania tot el que s'havia portat.

Un cop plena la tancà, i s'hi assegué al llit a raonar pensarós en aquell problema imprevist. Amb crispació s'agafà el cap amb les mans per a reflexionar i deduir què havia de fer ara. Què i com li havia de dir a l'Amèlia, que marxava. I per què.

Per quin motiu sentia de sobte aquella lassitud, aquella fatiga, aquella angoixa?, es preguntava a si mateix. Si ara marxo, a l'Amèlia possiblement la perdré per sempre, ara que ens hem reconciliat, reconquerit i fins i tot, entregat en l'amor.

Però on dimonis deu estar?. No podia pensar en altre cosa només que en la Caterina, en la seva absència misteriosa, en aquest canvi tan sobtat en ella, en el seu quefer tan inesperat, per què?, per què?, per què?...

Estava tan segur dels seus sentiments, de l'enamorament que sempre li mostrava i que ell presumptuós en treia estella jugant amb ells, que ara se n'adonava que pot ser n'havia fet abús. Sentia que la necessitava..., però què et passa Ernest?, a què ve això?, ni jo mateix em conec, què se'n farà d'aquell futur gloriós pel qual tot just ahir, brindaves amb l'Amèlia?.

-He de marxar urgentment. Ha sorgit un problema en una venda important a la botiga, mentí descaradament l'Ernest, amb dissimulada fal·làcia i amb la maleta a la mà, davant la porta de la cambra de l'Amèlia.

-Però..., tornaràs oi?.

-Ara mateix no t'ho puc dir. No sé pas què dir-te. Dóna'm el teu telèfon o l'adreça on localitzar-te a ciutat i ja ens retrobarem quan pugui.

Com un cop de maça rebé l'Amèlia aquestes inexplicables i inconcebibles paraules. Paraules que més o menys li recordaven l'enganyador motiu, la seva pròpia excusa al·legada a la tornada. Sense mesura. Sobtada, ella li allargà una targeta amb presses i es quedà paralitzada, sense poder dir res més. Bocabadada, sorpresa, el veié córrer amb desesperació escales avall.

L'encanteri màgic que aquells dos cors havien viscut amb intensitat poques hores abans, en segons s'havia trencat, fragmentat, esberlat en mil trossets..., i res no en quedava.

24

La Caterina, havia gaudit d'un cap de setmana inoblidable. S'havia unit al grup dels tres joves que, casualment, conegué al MNAC aquella tarda i que se'n feren amics, tot i la diferència de edat, després d'aquella berenada de xocolata amb xurros al carrer de Petritxol.

Amb quatre companys més de Belles Arts, de la UAB, vuit en total amb ella, l'havien passat, rient joiosos, al Monestir de Montserrat.

A l'Abadia benedictina, hi anaren per a visitar el Museu i fer-ne d'algunes de les obres exposades un nou treball que la fi de curs exigia, i, naturalment, aprofitant el desplaçament, visitaren la *Moreneta* i l'esplendor i magnificència del Monestir.

La Caterina, ja no era la Caterina de Llafranc, ni molt menys la Caterina ingènua i càndida de Gisclareny. En el poc temps d'instal·lar-se a ciutat per a estudiar fermament amb el professor Octavi, i d'aplicar l'esperit a adquirir la coneixença de coses, d'obrir-se al món de la ciència i de l'art, amb una entrega total aprofitant les seves capacitats innates, s'havia convertit en una dona amb una gran personalitat, i amb el bon caràcter que fruïa, desplegà tota la gràcia i simpatia innats en ella, en guanyar-se l'amistat d'aquell grup jovenívol, com si els conegués de qui sap quant.

La invitaren a participar amb ells, en aquella aventura d'un cap de setmana a Montserrat, compartint una cel·la amb tres companyes més. Ella, que no coneixia aquell indret, que tant sols havia sortit de Gisclareny per anar a Llafranc primer i a Barcelona després per a fer de minyona, i, més tard, amb l'Ernest per a estudiar, no va saber dir que no, ans al contrari, s'hi il·lusionà de seguida, sola com es trobava a ciutat, només estudiant amb plena dedicació.

Poc li costà decidir-se, sense l'ombra de l'Ernest, ni el seu consell que *pobret,* pensà il·lusa, s'estava cuidant la malaltia en un balneari.

Havia estat molt feliç viatjant a Florència amb ell, pensava, gaudint, enamorada, de les meravelles que li mostrà durant el viatge, però ara era una altre cosa, era la seva pròpia decisió, convençuda de veure la possibilitat de conèixer més món, més art, més vida. Pensà en la targeta de crèdit que li confià per a qualsevol imprevist extra que se li pogués presentar, i no dubtà ni un segon en utilitzar-la.

Ho aprofitaria, es digué a si mateixa, enriquint-se de tot l'art que el Monestir, el Museu i aquella meravellosa muntanya, li oferien.

Havien doncs visitat i gaudit plenament, de l'Abadia benedictina d'estil romànic. La portalada d'alabastre (Porta Angélica), representada per diverses escenes bíbliques.

L'interior del Monestir magnífic amb la Mare de Déu al fons de l'altar presidint-lo, i que, pujant l'escala fins arribar al cambril, la veneraren tots.

Ja, només entrar a la Basílica, emmudí d'emoció admirant tanta bellesa i, quant tot just fixà la mirada en la magnífica talla romànica, la *Moreneta,* li féu sentir una serenor i presència d'esperit i placidesa tal, que dins del silenci, el cor li parlà i agraí tanta felicitat.

Havien visitat el Museu, gaudint de les meravelloses obres exposades d'Art Modern i del Impressionisme, obres de *Caravaggio, El Greco, Marià Fortuny, Ramón Casas o Santiago Rusiñol,* i d'altres, dels quals en farien un treball exhaustiu i profitós.

A més a més, aquells companys, nous amics, li havien fet saber que podia accedir a la Universitat, a la prova per a majors de vint-i-cinc anys, com molts altres ho feien, i estudiar un Grau d'Història de l'Art, a la UAB, amb el qual veuria acomplerts els seus desigs, les seves il·lusions.

Això encara podia incrementar i engrandir més, les expectatives dels coneixements que fins ara estava assolin amb el professor Octavi... Què més volia!...

Anaven de tornada amb l'autocar, i pensava concentrada i en silenci, en aquest projecte encisador que l'abrivava més i més, a lliurar-se amb impetuosa decisió, a fer-lo seu. Ja queia la tarda del diumenge, vesprejava i, tot i que un conjunt de núvols cobrien el cel produint una bromada foscam, ella ho veia tot clar i lluminós i es sentia la persona més feliç del món.

Li ho explicaria a l'Ernest, pensava convençuda, quan hi pogués parlar, i segur, segur que aprovaria aquella decisió seva encoratjadora, per altre banda, imprevista i inesperada.

Es veia capaç, sentia una fortesa interior desconeguda que l'empenyia a provar-ho. Per descomptat, necessitaria l'ajuda del professor Octavi, en qui confiava plenament, però

estava decidida a fer-ho i, això, la feia
sentir-se cofoia.

25

L'Amèlia seguia al balneari rebent els tractaments, però malauradament, les nafres se li havien espargit més. Passà la visita mèdica i el metge no comprenia aquella rabiosa reacció. Era el primer cas que se li presentava. Els tractaments eren els correctes i, en teoria, a hores d'ara, haurien d'haver disminuït, no pas augmentat.

-Vostè s'absentà uns dies durant el tractament oi?, li preguntà el metge capficat. Després, va tornar i tot va seguir normal aquí, es que havia rebut quelcom notícia desafortunada, trista, malagradosa, els dies que passar fora?. Aquesta és una malaltia molt especial, molt empipadora, qualsevol contrarietat pot desenvolupar un canvi en el procés.

-Això ja ho sé, contestà enutjada. Fa anys que l'arrossego.

-Doncs no m'ha respost la meva pregunta, i si no es sincera amb mi no hi puc posar remei. Hem tornat enrere. De fet està pitjor de quan va arribar.

-No s'hi amoïni pas, ja passarà. Uns dies més de tranquil·litat en aquest paradís, en aquest *santuari* guaridor, i tornaré a posar-me en forma, contestà amb un accentuat mal humor.

-Bé, vostè mateixa, li contestà el metge ben contrariat.

Se'n tornà cap a la cambra a descansar. S'hi jagué al llit, tancà els ulls i és posar a reflexionar sobre la conjuntura que vivia en aquells moments.

No ho podia atribuir a l'Ernest ni a ningú. La culpable era ella i només ella. Quantes vegades s'havia jurat a si mateixa que no confiaria en ningú mai més?. Quantes!..., i havia tornat a caure de quatre potes!, com una adolescent, com una donzella sense experiència i ella, malauradament, en tenia molta d'experiència.

"Li revenir el record de l'infaust casori. Havia estat unida a un home que mai va arribar a estimar. Que li repel·lia la seva presencia, que quan se li acostava i es sotmetia als seus desigs d'ardència ho feia amb fàstic, amb repulsió. Quants anys de dolor soferts en silenci, aparentant uns sentiments que no existien!, recordava quan en soledat les llàgrimes li cremaven les galtes sense que una mà compassiva les hi eixugués, i tot, tot, per la imposició d'un pare autoritari i masclista carregat d'una superioritat de valors inexistents, i tanmateix, de la feblesa d'una mare submisa a l'espòs, de la qual només en rebé xantatge emocional, no amor maternal, obligant-la a fer un casori, que no volia.

-Mare, que no el vull!, que no m'hi vull esposar amb ell!, rememorava..., i tot recordant aquella escena, com si estigués representant un teatre, li tornaven a

regalimar les llàgrimes amb tristesa, afligida pel record.

Deu anys d'aguant!, gairebé sola sempre, per les gires que la professió de l'espòs el portaven a viatjar constantment, i a portar la seva vida de cugucia en els seus desplaçaments. Perquè ho sabia, ell no se'n amagava pas, ans al contrari, vanagloriant-se sempre, de les seves fites amoroses. Fins que va dir prou...

No van venir fills, gràcies a Déu. Posseïa una casa gran, esplendent, i fins i tot luxosa, però sense ànima, i aquella vida esdolceïda, enfadeïda, plena d'avorriment, de sobte un dia la féu reaccionà, determinant la seva vida.

Fullejava una revista de decoració i, a la impensada, li revenir el coratge, l'esperança. Es posaria a treballar, per què no?, es digué amb brava decisió.

Aquell mateix dia començà a cercar feina. Sortí al carrer i anà mirant botigues amb il·lusió, amb una recobrada il·lusió *perduda pel marciment. L'endemà anà a comprar el diari per a cercar a les pàgines anunciants quelcom oferta de feina que plagués el seu desig, l'afany d'una nova vida independent. Però això sí, ho decidí de seguida, no volia pas quedar-se a Madrid. Se'n tornaria a Barcelona.*

No en sabia res de l'ofici comercial, però n'aprendria. És clar que sí. Tenia bona presencia, i el més important, decisió per a fer-ho. Mai més s'estaria tancada a casa esperant a un espòs que no estimava i, que per a ell no era més que un objecte bonic per a satisfer els seus desigs sensuals i amb qui presumir davant els companys de professió, quan per poc temps, tornava a casa".

L'Amèlia somrigué en silenci, recordant l'expressió d' ell. El moment clau, quan amb convenciment i decisió li digué: **Me'n vaig de casa**.

Tornà a Barcelona. No varen ser temps fàcils. Acostumada com estava a una llar bonica i gran, s'hi allotjà, de entrada com a hoste, en una modesta pensió. Disposava d'alguns recursos econòmics, els que de mica en mica havia estat estalviant de la paga dependent de l'espòs que, això sí, generosa n'era.

Es col·locà en una botiga de regals del Passeig de Gràcia com a dependenta, i aprofitant-se de la bona presència que per si sola tenia, afegida amb el bonic vestuari del que personalment disposava, molt aviat aconseguí un respectuós tracte amb els amos, un sexagenari matrimoni, proper a la jubilació.

Les vendes augmentaven i poc a poc, la botiga anava fent-se-la d' ella com si en fos la propietària. Els amos la deixaven fer, per què amb gust refinat la botiga en poc temps féu un tomb que no semblava la mateixa.

Satisfets amb els resultats d'innovació que poc a poc anava aconseguint, li proposaren llogar-li la botiga, amb la intenció de jubilar-se i descansar ja de la vida laboral. Ja l'havien acomplert amb suficiència i veien en ella la persona més adient per a mantenir la botiga amb el prestigi que d'antany servava.

D'això feia vint-i-tres anys. Havien estat anys de lluita, de lluita per la subsistència i per la superació, vencent obstacles que sorgien inevitables, a causa d'inconvenients aliens com crisis, vagues de transports, problemes amb els proveïdors i altri, però que amb esperit competent no l'havien abatuda mai. Tenia tres comerços d'excel·lència, personal ben ensinistrat per a sentir-se segura si s'havia d'absentar, com ara n'era el cas per a fer-ne cura de la malaltia, i el més important, seguretat econòmica. De no tenir res en un principi, ara disposava d'un pis de propietat que, si no era com el que en temps passats gaudia a Madrid, era seu, guanyat amb el seu esforç i afany.

La primera botiga de regals on és col·locà com a dependenta, quan els propietaris ja vells llevaren la vida, els hi comprà als hereus i passà a ser-ne ella la propietària. La reconvertí en moda femenina amb gran èxit. Això la féu pensar en obrir-ne una segona que, en temps a venir, ho aconseguí al passar casualment un dia per la Rambla de Catalunya, i veure un local en venda. Després vingué la tercera al carrer de Mallorca. Totes amb la garantia de marques d'exclusivitat dels models que s'hi oferien. Tenia excel·lència i bona fama dins del món de la moda femenina.

Havia triomfat a la vida, encara que el cost era gran. El de les nafres que no podia obviar. Era el preu que pagava per l'estrès la tensió permanent a la responsabilitat, a l'amor propi per a vèncer les dificultats que sempre sorgien sense poder-ho evitar, i que s'havien de resoldre d'immediat, fos com fos.

Dels pares no en sabia res, ni en volia saber-ne. Ni tan sols si eren morts o vius. Estava sola, sola com sempre, sense vincles amb ningú, només amics de feina, companys de creació i això si, lliure, lliure d'escollir amb qui volia establir-ne o no; però ara... pensava atribolada, ho he fet malament, molt malament, després del triomf professional aconseguit, de la fama assolida, he errat el camí, he comés l'error d'equivocar-me en els sentiments...

Ernest!, Ernest!, Ernest!... Jo que pensava adormir-me amb tu cada nit i despertar-me al teu costat cada dia...

26

L'Ernest esperonava a la Caterina a seguir estudiant, encara que n'estava una mica gelós, per la decisió presa per ella d'anar a la Universitat, sense comptar per a res amb ell, amb el seu consell, amb la seva opinió.

Se li escapava de les mans, ja no era ell el *Pigmalió* resolut imaginat a fer-ne d' ella la transformació. La metamorfosi que s'hi evidenciava dia a dia en ella, des de l'eruga a la crisàlide fins a convertir-se en la meravellosa papallona que ja volava sola, no era obra seva. Des de que anava a la Universitat, ja no el necessitava.

Tot i que el professor Octavi seguia ajudant-la, havia batut les ales sola, i molt més de pressa del que l'Ernest s'hagués imaginat. Les seves altes capacitats ho havien resolt tot, sàviament.

La veia com es movia d'una banda a l'altre, decidida i segura. Ja no li consultava res amb aquella inseguretat d'abans, ans al contrari, quan li ho deia ja ho havia fet o decidit, i això li produïa un sentiment recelós, una gelosia que el posava de mal humor. Trobava a faltar aquella idolatria que li professava en altre temps. El seu intel·lecte creixia més de pressa del que ell es pensava. Se li escapava... Per ella, ell ja no era imprescindible, determinant ni indispensable.

-Amèlia?, soc l'Ernest. Com estàs?. Fa temps que no ens veiem, podem retrobar-nos quelcom dia?.

Així mateix, com si fos de flor en flor anava l'Ernest. On era l'home sensat incapaç de fer coses desenraonades d'altre temps?. Havia perdut l'esment d'allò que cal dir o fer?, fins i tot l' oremus?. Sense pensar en el dolor produït en el cor de l'Amèlia, tornava a recórrer a ella com si res hagués passat. Era avorriment?, a cas ensopiment?, esplín o potser egoisme?. El salvador del món, l'heroi semidiví de les gestes prodigioses les quals s'havia imaginat aconseguir amb la pobreta Caterina, estava derrotat ple d'una malenconia que tot li produïa tedi. Ella no el necessitava, batia les ales sola i, el pitjor de tot, amb els millors resultats possibles, d'una excel·lència màxima.

-Ernest!, has ressuscitat?, et creia mort, finat, desaparegut, contestà l'Amèlia amb gosat atreviment. Han passat dos mesos d'un silenci absolut i, certament, ja no pensava en tu.

Aquesta resposta a l'abric d'una seguretat inconfusible, encara l'ensorrà més. La vanitat de l'alt concepte de les pròpies qualitats, d'un excessiu desig d'ésser notat, s'havia fos. Després de cinquanta anys de la seva vida, era la primera vegada que aquest sentiment l'aclaparava. Aquell amor propi de sempre, aquella seguretat en si mateix s'hi esvaïa per moments.

-Tens raó és imperdonable, s'hi apressà a dir en to baix, avergonyit. T'ho explicaré tot si consens retrobar-nos de nou. Digues, m'acceptes la invitació?, el plaer de tenir-te novament davant?, contemplar-te i..., si m'ho permets seguir-te estimant?.

-Oh!, oh!, oh!, ets molt agosarat Ernest!. T'acabo de dir que ja no pensava en tu. Aquesta trucada si et soc sincera temps enrere l'esperava, ara ja no.

-No em vols donar ni una petita oportunitat?, au bonica digues que si. Encara que només sigui una estoneta per a rememorar els bons moments viscuts. Malgrat el meu comportament, que ja et dic justificable, crec que en soc mereixedor de la teva consideració...

La vanitat tornava a ressorgir sense poder-ho evitar. Estava tan segur de si mateix que no acceptava un no a la manifestació dels seus desigs.

L'Amèlia, experta en el sofriment per la tirania aliena ho advertí clarament, no obstant però, no era pas venjativa ella però tampoc beneita, la vida l'havia ensenyat molt i el seu cor s'havia endurit. Tenia que pensar-ho i reflexionar.

-Aquesta setmana la tinc molt complicada amb reunions de la nova col·lecció de temporada, proposà resolta, però truca'm la setmana vinent que provaré de trobar un espai.

-Ho faré, és clar, contestà prest, però..., tot seguit, un *clic,* el desconcertà, sense ni tan sols un adéu, sentí com la trucada es tallava i, els sentits li predigueren que quelcom se li escapava de les mans, que ja no dominava la situació. Que ja no era l'Ernest d'abans.

27

La Caterina sortia de l'UAB xiroia com unes castanyoles, després d'haver assistit a classe del grau d'Història de l'Art, que des de feia divuit mesos estava estudiant. Encara li quedaven dos cursos més si aprovava aquest. No obstant, n'estava segura d'aconseguir-ho, perquè s'hi esmerçava amb convenciment i il·lusió.

Portava vivint a Barcelona tres anys i mig, i ja s'havia fet a la vida ciutadana d'horaris establerts, obligacions, i presses per arribar a tot arreu a l'hora, tan diferent de la que havia portat a Llafranc i tanmateix a Gisclareny d' on n'era nada.

Ja no era la minyona de l'escombra i el drap de la neteja a les mans, o de les menges de la geladora per a cuinar-los i ser a l'hora a taula. Ni molt menys la filla abnegada d'uns bons pares però plens de rudesa i grolleria, en un món apartat, amb els plecs de la cara marcats i el nas roig pel fred intents de la muntanya, ignorants de sentiments per la ruditat de la vida.

Havia canviat molt. Si més no, madurat fins el punt d'haver oblidat el seu passat. Era una dona totalment nova que vivia el present, que es sentia feliç, tot i que el seu cor havia estat malmenat pel rebuig de l'Ernest. Ho havia comprès i acceptat amb resignació.

Quan és delia d'amor per ell, no era res, res, ella. Per això s'havia jurat a si mateixa, que algun dia, aconseguiria una instrucció notable parella a la d' ell, i li demostraria així, el reconeixement per tot el que havia aconseguit gràcies a la seva generositat. Per damunt de tot, Déu sabia, que era agraïda i, sense cap ressentiment, ho acceptava de bon cor. En tenia prou amb la ciència, amb l'agudesa i amb la ponderació, aconseguides.

Amb el tarannà d' ella que sempre traspuava enveges per la seva actitud tan positiva, s'havia convertit en una dona segura de si mateixa que, tot i dedicant la vida a l'estudi totes les hores del dia, no denotava mai fatiga ni feblesa. La seva ment desperta, estava sempre en actiu i abraçava tot el que el professorat impartia, demostrant a bastament que ho assimilava sense dificultat, sense abatiment, sense defallença.

Òbviament, en haver dinat, corria cap a casa del professor Octavi a completar el seu ensinistrament com des del primer dia, esprement la facultat de comprendre les coses que, de no haver estat per la benevolència de l'Ernest, li hagués estat negada per sempre. Per a ella no contava res més. No necessitava sortir a divertir-se com d'altres, les seves prioritats restaven sempre en saber cada cop més, en descobrir les possibilitats infinites del intel·lecte. Seguia visitant museus i exposicions que li obrien els ulls al món de l'art, i cada cop ho vivia amb més intensitat.

Mai no li ho podria agrair prou a l'Ernest, pensava, mentre caminava Rambla avall per anar cap a la Pensió on seguia hostatjada des del primer dia que vingué a ciutat.

Mentre caminava a pas lleuger seguia pensant: Des del començament que el conegué a prop del far de sant Sebastià a Llafranc, que n'estava enamorada. Però s'havia resignat a veure'l sempre a distància, amb respecte i admiració, com l'amic únic, inabastable i admirat, i per damunt de tot per haver estat el seu *protector* incondicional. Res més. Els batecs del seu cor ja no l'hi agitaven els sentiments, restaven adormits.

Amb la intuïció pròpia d'una dona com era, no sabia ben bé per què, però darrerament el veia trist, la mirada melancòlica i els ànims decaiguts. És clar que ja en tenia uns quants més d'anys, de la mateixa manera que ella s'apropava a la trentena i és sentia amb un cos de dona feta, segura, empoderada.

Només es veien de tant en tant. Cadascun d'ells tenia les seves obligacions i l'Ernest a més a més, tot sovint, desapareixia uns dies per a tractaments especials, vés a saber on.

S'havia acostumat al seu caràcter independent, de com quan el va conèixer a Llafranc. Somrigué i pensà: Ell i els seus viatges!. La seva intel·ligència!, el seu talent!, el seu tarannà d'esperit tancat!...

No estaria mai al seu abast, tantes diferències entre ells com l'edat, coneixements i condició social, els distanciaven prou. Havia après a mirar-lo només com el seu *protector,* que n'era, no com l'home que un dia havia desitjat i estimat, i com que aquest sentiment era prohibitiu per ella, i ja no hi contava, és jurà a si mateixa, mostrar-li-ho no sols amb l'agraïment, sinó amb la gran transformació com a persona de cient, si més no igual, si parell a la seva, encara que havia assumit que ell mai, mai, l'estimaria.

El rumb de la seva vida havia d'enfocar-lo cap una altre ruta, lluny dels sentiments de l'amor. Tot i que sempre estaria en deute amb ell, es sentia forta per a emprar-los cap a l'art.

Els coneixements que estava adquirint l'ajudarien a arribar a ser una dona independent, adobada de ciència i llesta per a volar sola, sense el suport de cap home.

Gairebé corria perquè passava l'hora de dinar que servien a la pensió. No obstant, benèvola i indulgent, l'hostatgera sempre li reservava l'àpat per tard que fos. En acabat de dinar, a córrer altre vegada, ara per a retrobar-se amb el professor Octavi. No li penava pas, ans al contrari, tornava a córrer contenta i alegre sempre, perquè només sentia agraïment per tots els dons que rebia de la vida.

28

L'Amèlia sentia enuig de sí mateixa per sentir-se culpable vers l'Ernest. Quasi bé sense acabar la conversa li penjà el telèfon el dia de la trucada sorpresa, recordava. Per inesperada, sobtada, imprevista, i pel desgrat que en el fons del seu cor sentia.

Jeia al sofà de casa gairebé a les fosques pensarosa, abstreta en el moment que vivia. Ja quasi havia aconseguit oblidar-lo, decidida a no veure'l més, quan tornà a aparèixer amb la trucada d'ahir i, això, l'hi pertorbava la calma. Necessitava concentrar-se en la col·lecció de temporada per a fer la tria convenient, això era el més important ara, i no podia distreure la ment en cap altre cosa.

El negoci havia fructificat per la seva perseverança, per l'esforç il·limitat afixat des de sempre, tot i les adversitats o malaurances que sovint havia d'afrontar. Però avui la seva ment estava confusa, caòtica, incerta. Es reincorporà i encengué l'interruptor de la llum de la làmpada de peu per a il·luminar el saló. Mirà el seu entorn i res. Cada cosa al seu lloc, és digué. Tot en ordre. El mal, el desordre, la tenebra, és dins meu.

Rompé el plor i la plorada la consolà, li serví per desfogar-se i l'agitació interior s'hi apaivagà.

Més tranquil·la, passat el plor, decidí veure'l si la tornava a trucar. Les coses s'han d'aclarir, és digué, i, si justifica com diu el seu mal comportament, a les hores, sabré què he de fer.

Tornava a ser ella, l'Amèlia de sempre. En quelcom racó del nostre ser, acumulem el jo personal innat i, per diversitat de circumstàncies que visquem la qual ens fa canviar d'intenció, la intenció equívoca presa, sempre aflora novament el jo veritable, el que ens dóna força per decidir la drecera a seguir i que creiem haver perdut pel camí.

Es dirigí cap a la cambra de bany i és submergí sota la dutxa durant una bona estona. L'acaronament de l'aigua al lliscar per la pell li temperà l'agitació. Sortí de la dutxa, s'hi emparà dins el barnús i s'hi assecà el cabell amb l'assecador.

Més tranquil·la, se'n tornà cap el saló a revisar detingudament tots el dissenys dels models, pels quals havia de decidir el que fóra l'èxit assegurat de la nova temporada.

ERNEST

29

L'Ernest és trobava fet un garbuix. Volia i dolia. Després de llançar-se amb decisió a empènyer a la Caterina a canviar la seva vida provinciana i senzilla per a convertir-la en una ciutadana de cap a peus i plena de ciència, ara, sentia gelosia.

Per un costat n'estava satisfet dels seus èxits assolits, no obstant però, tampoc es pensava que ho aconseguís amb tanta rapidesa, amb tanta facilitat. En tenia un gran concepte de les seves capacitats adormides, del seu do, del seu talent nat, però tanmateix reconeixia que s'havia equivocat al pensar que el necessitaria més, que dependria totalment de la seva tutela i, ara, se n'adonava de que, llevat del concepte econòmic, n'era completament capaç d'abastar-ho sola, sense ell. Fins i tot, molt aviat, en un proper avenir, ni per això el precisaria.

La seva vanitat d'home quedava relegada a l'oblit. Què faria ell ara sense l'esguard, l'admiració reverencial que sempre li havia estat evidenciant en quan el veia?. Quan li parlava de l'art que tan dominava tot explicant-li històries dels viatges realitzats al llarg de la seva vida i, que ella, escoltava embadalida?.

Ara tenia nous amics, companys d'estudi més o menys de la seva edat. Jovenívols, sans, sense nafres que amagar com ell... ni temps per a fer-ne esment dels moments feliços que vivia descobrint un món nou, quan molt de tant en tant, és retrobaven...

No volia admetre que l'estimava i, el seu orgull de mascle deixat de banda, és sentia ferit. Enyorava aquelles tranquil·les xerrades, el seu somriure, el seu tarannà senzill, la seva gràcia i simpatia..., i del que més se'n dolia era de sentir gelosia. Gelosia de tot el que estava aconseguint, sense ell.

L'orgull de mascle el traïa. No era amor el que sentia per ella, era l'estima de sí mateix ultrapassada pels altres, l'amor propi ferit de mort.

Per altre banda, estava perdent l'Amèlia. No havia sabut conservar el caliu i la passió que havia trobat en ella. La sensibilitat, l'elegància personal, la seva entrega sense torbament, sense rubor, sense turpitud. Havia trobat la mitja taronja de la seva vida, precisament per les carències que la malaltia d'ambdós els limitava per a gaudir de l'amor amb qualsevol altri. Entre ells no hi havia barreres, no calia amagar les esgarrifoses nafres.

No l'havia sabut valorar prou, l'havia menyspreat amb la absurda i precipitada fugida, sense raó, per un atac de gelosia fora de lloc, vers la Caterina.

Dilluns la trucaria novament, pensà amb convenciment.

Li demanà una setmana d'assossegament, segons ella per causa laboral, l'excés de feina en aquests moments, havia dit, però l'Ernest entenia bé aquella condició imposada. Era el càstig flagrant que l'hi esmerçava per la ofensa comesa.

Cap cot, és digué, esperaré pacient aquest cap de setmana i sí, dilluns tanmateix ho faré. Li pregaré, li imploraré si és precís, tornar-nos a retrobar.

Ella em pot donar vida, ressorgiment a aquesta apatia que m'ha bat. Les nafres tornen a brotar de nou i és el meu estat anímic que em supera.

Ernest!, Ernest!, Ernest!, què has fet?, es digué amb enuig. Ho podies tenir tot i no tens res.

30

Es trobaren al carrer Santaló prop del restaurant *Arcs de sant Gervasi,* on els serviren un dinar d'excel·lència, gaudint d'un ambient tranquil i luxós.

L'Amèlia estava impressionant, formosa, lluint un vestit negre elegant, com de costum, tancat l'escot amb un fermall de diamants i les mànigues llargues que amagaven l'horror de les seves nafres. Però els seus ulls blaus eren els de sempre, allí estaven lluint, incrementant la seva bellesa. El bon criteri de l'Ernest corroborà que estava més bella que mai. Dinaren amb placidesa, confort i benestar i en acabat, s'hi excusà de la seva estupidesa comesa a Caldes, de la falta indefectible de la que se'n sentia culpable i avergonyit.

No obstant però, tenia esperances de recuperar el seu amor. Pot ser per l'arrogància insolent d'atribuir-se un poder excessiu que ja minvava amb els anys i que li costava reconèixer.

Agafà la copa del *Borgonya* que en record de la darrera nit passada junts a Caldes, havien tornat a demanar i l'hi oferí un brindis.

-Pel nostre futur, proposà content l'Ernest, amb la mirada tendra, dolça, apassionada fixa en l'Amèlia, convençut de que el malentès s'havia aclarit.

L'Amèlia se'l mirà fixament i deixà la copa sobre la taula i, amb ferma convicció, li digué:

-No hi ha futur entre nosaltres, Ernest, contestà reprenent la mirada on s'havia esvaït la suposada il·lusió i revelava la desfeta, la derrota. M'ho he rumiat prou, i en soc conscient de que al teu costat m'ho he passat molt bé durant les vetllades i passejades per les rodalies de Caldes. Després, però, vingué el desencant, el despit i l'oblit.

Tot ha estat un miratge, només una il·lusió seductora i res més.

L'Ernest es quedà paralitzat davant d'aquella mirada serena, impertorbable i tranquil·la, d'aquells ulls d'un blau intens que el confonien quan els mirava...

-Ens vàrem conèixer i entregà en la intimitat tal com som, sense rubor ni vergonya, i amb una passió inusitada, prosseguí l'Amèlia. Has estat un excel·lent company, atent i divertit, un veritable cavaller, un amant apassionat, tendre i gentil que no oblidaré mai, però... aquesta curta aventura viscuda en la nostra vida, s'ha acabat per sempre, Ernest.

En la meva vida no hi ha lloc per la inestabilitat emocional i, a la teva empara, en tindria, ho sé i, això, no m'ho puc permetre, ni ho vull.

-He patit molt per causa aliena al llarg de la meva vida. Et vaig conèixer i em vaig lliurar a tu pensant que eres diferent, però m'has decebut, m'has demostrat que no hi puc confiar, que ets un més de tants.

-Mira Ernest, jo tinc la meva vida que m'ha costat Déu i esforços aconseguir-la i, ni a tu ni a ningú permetré que me la desballesti i, Déu sap, que he d'admetre que vas està a punt de fer-ho.

Amb un somriure maliciós se'l mirà per darrera vegada, i mostrant l'estil propi distingit, natural, sense afectació ni artifici, s'aixecà de la cadira, emprà l'abric i la bossa i amb el cap alt, íntegra i dignament, marxà sense dir res més.

L'estupor, la inacció en la mirada d' ell, revelà l'estocada que rebia en el seu cor, com una ferida de sabre inesperada. Tot i la seva cavallerositat ni pel do de gents amb el que és guanyava sempre la benevolència de tothom, va ser incapaç de llevar-se de la cadira per acomiadar-la amb el respecte que mereixia.

Avergonyit, restà assegut com si un clau el retingués a la cadira veient-la marxar, la fragància del seu perfum s'esvaïa mentre ella

s'allunyava, i amb una emoció sobtada, sense
poder reaccionar, quedà en xoc, en batuda
perduda.

-A la Carme Barba, qui davant dels meus dubtes quan escric sobre malalties, magnànima sempre, em dóna un cop de mà, salvant-me del tràngol de no saber cap a on tirar.

-Del llibre "Maestros de la Pintura Occidental" TASCHEN, dirigit per Logo F. Walther, n'he fet ús d'informació d'art molt important.

-Tanmateix se'n fa menció a la novel·la, d'un restaurant de la ciutat, obtingut del llibre "Barrio a Barrio guia de la ciudad de hoy".

-D'Internet també he aconseguit informació interessant per el relat.

-I, evidentment, el meu reconeixement al meu net Albert, que, com sempre, amb la seva capacitat i destresa informàtica, dóna llum a la publicació d'aquesta novel·la.

A tots, moltes gràcies.

Barcelona, 2 de maig del 2022

www.ingramcontent.com/pod-product-compliance
Lightning Source LLC
Chambersburg PA
CBHW050515160726
48003CB00001B/317